無花果様の、仰せの通りに

懺悔

挿絵／夏桜

JN131260

KTC
KILL TIME COMMUNICATION

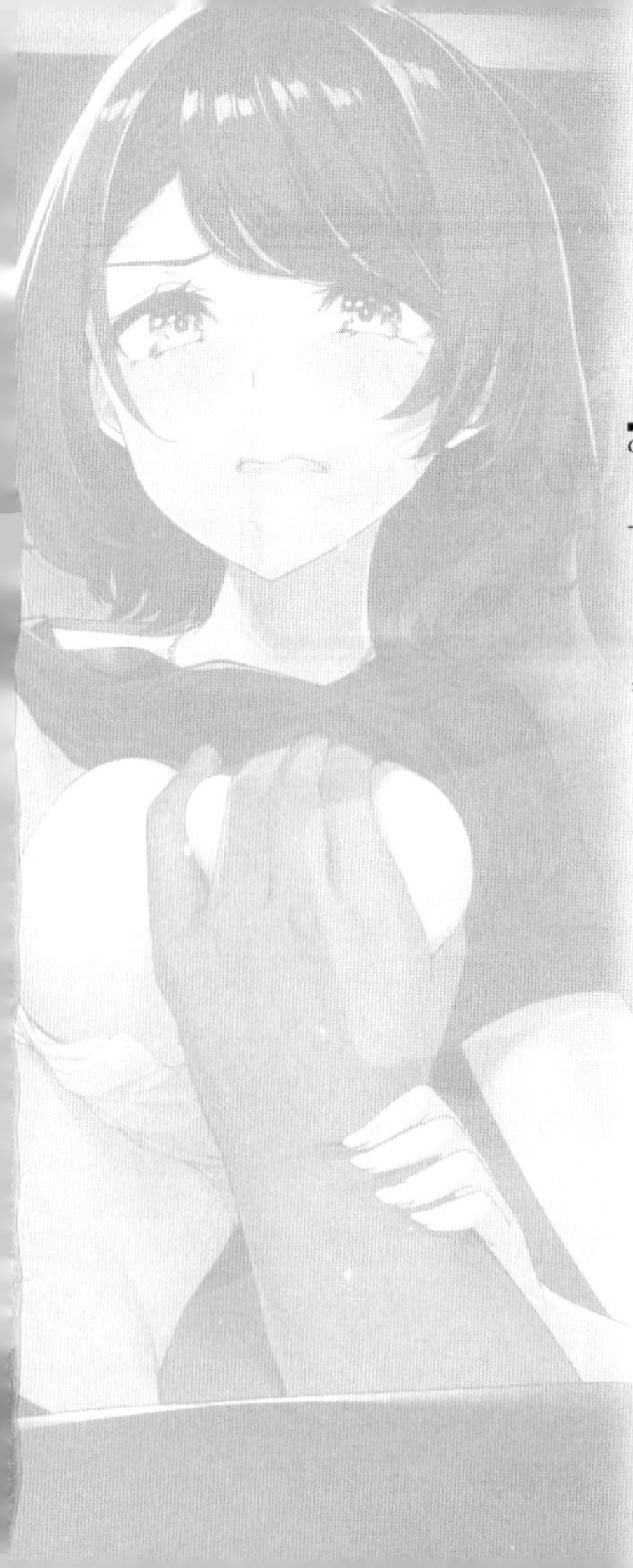

Contents

目次

登場人物　*Characters*

瀬戸 京香
(せと きょうか)

スレンダーだがしっかりと主張する巨乳を持った美人妻。職場では鉄壁の才女とも言われるほどのキャリアウーマン。

瀬戸 慎一郎
(せと しんいちろう)

京香の夫。温和な性格で、主夫として妻を支えつつ、絵本作家としても活動中。

御手洗
(みたらい)

京香の年上の部下。固太りで、覇気のない男。

御手洗 孝介
(みたらい こうすけ)

御手洗の弟。やせ型の金髪で、兄と違って社交的な性格。

プロローグ　日常と幸福

フロアには和気藹々とした雰囲気が漂っていた。社員同士で冗談を言い合い、控え目な笑い声が周囲で漏れる。

コーヒーの香ばしい匂い。窓から差し込む夏の陽射し。午後のひとときは彼らを少なからず弛緩させていた。

しかし一人の女性が会議室から帰還すると、そんな緩んだ空気は一息で締め直される。

誰かが小さく呟いた。

「そら、我らが鉄壁の才女がお戻りだ」

途端に社員達の顔つきは引き締まった。白い歯を見せる者は誰もいない。空調の温度が少し下がった感じすら覚える。

しかしそれは嫌悪を伴った萎縮ではない。

その証拠に彼らが彼女に向ける緊張感には敬意が感じられた。

彼女はフロアの一番奥にある自席に向かいながら幾人かに声を掛ける。

「佐々木《ささき》君。資料に不備があったわよ」

視線は前を向いたまま、口調も淡々としている。

「……申し訳ございませんっ！」

「事前にチェックを怠った私のミスでもあるわ。次に活かしましょう」

ミスを指摘はするが咎《とが》めはしない。その表情と声色は涼し気ではあるが威圧の冷気は含んでいない。

「吉田《よしだ》君。貴方の考えた企画が取り入れられたわ。その調子で頑張って」

「は、はいっ」

褒める時もその清流のような口調に変化はない。口元が微かに和らいでいるくらいだ。部下は叱られようが褒められようが、皆一様に背筋を伸ばして応える。

そんなことを繰り返しながら、このフロアの長であることを証明する座席に到着する。それまでにカツカツと響いた足音のリズムは一切の乱れが見られなかった。揺れるボブカットの黒髪は完璧なトリートメントが施されている。

黒いスーツは彼女の蠱惑的《こわくてき》なボディラインをところどころ露わにしていたが、彼女はそれを見せつけようともしなければ恥ずかしがりもしない。彼女が纏《まと》うのは己に対する絶対的な自信のみ。ただありのままの自分を無頓着なまでに、スーツという鎧で覆い囲っているだけだ。

一見してスレンダーな印象を与えるタイトなスーツからは、彼女が豊満な乳房を有しているのが一目でわかる。そこから発生する腰のくびれに対して皺が集まり、そしてスカートはその下にはち切れそうな肉感を無理矢理抑え込んでいる。すらりと伸びる脚はモデル顔負けだ。

豊潤な肢体に知的な美貌《びぼう》を加えた彼女の外見は、まるで工芸品のような芸術性を伴って男の視線を奪う。

しかしこのフロアでは話は別だ。

彼女の下で働く者にとって、彼女に色気づく余裕のある者は皆無だ。向ける視線は畏敬のみを伴っている。

瀬戸京香《せときょうか》。二十九歳。課長。

来年度の人事で部長への昇進は確実視されている。

席に座り脚を組む。その所作全てがエレガントだった。誰にも気付かれない程に小さく漏らしたため息でさえ優雅である。

そんな彼女が一人の部下を呼ぶ。相変わらず何の温度も伴わない声だった。

「御手洗《みたらい》さん。少し良いですか？」

フロアの一部では声なき失笑が漏れる。

またか、という呆れが皆の胸に去来する。

「……はい」

固太りの男が、覇気のない声と共にのっそりと立ち上がった。重そうな瞼の奥に佇《たたず》む三白眼はどこか昆虫めいている。腫れぼったい唇と所在がわかり辛い顎《あご》。健康診断では毎年痩せるようにと指導を受けているに違いない。

とにかく一挙手一投足が緩慢な男だった。

御手洗が京香の前に立つと、彼女は短く息を吐いた。

京香は課長の職を預かった時に自らに律したルールがいくつかある。

その中の一つが決して部下を感情的に叱責《しっせき》しないこと。常に冷静でヒステリックな姿は見せないように心掛けていた。

元々京香は冷淡と評価される程に落ち着き払った人間だったので、そのルールを守ることは簡単なように思えた。

しかし社会に出ると想像を超える人間と出会うことも多々ある。

京香にとって御手洗の愚鈍さは信じられないものであった。

簡単な書類作成一つはおろか、電話対応すら碌《ろく》にできない。

しかしそれでも彼女は彼を皆の前で虚仮《こけ》にしたり、内心で見下したりすることすらなかった。

部下の失態はすなわち自分の失態。責任感の強い京香は自然とそう考える。自分自身ですらこのフロアではチームで一つの駒だと、誰に諭されるでもなく理解している。

今も提出された報告書の不首尾を一つ一つあげていく。それらの多くは単なる記入漏れなどのケアレスミスである。

御手洗のそういった躓きは珍しいことではない。しかし京香は声を荒らげることなく静かに指摘する。フロアの誰もが彼女のそんな姿勢を辛抱強いと評価していた。

実際前の課長は御手洗の直らない悪癖に耐えかねて、毎日のように彼を怒鳴り散らしていた。しかしそんな激しい叱責も暖簾に腕押しで、ついぞ御手洗の仕事ぶりが改善されることはなかった。

「御手洗さん。ここも先日と同様の間違いを犯しているわ」

「はぁ……すみません」

申し訳なさそうに頭を下げるばかりで、もう二度と同じ轍は踏まないぞという気概は感じられない。

離れた席では二人のやり取りを嘲笑する者もいた。

「課長もよくやるよ。俺だったらとっくにブチ切れて声を荒らげてるね」

「俺ならもう無視して仕事も割り振らないね。関わるだけ苛《いら》つくだけだ」

「しかし御手洗さんって課長よりも年上だろ？　情けなくならないのかね」

部下達のそういった声を勿論《もちろん》京香は把握していた。

しかし御手洗も同じ部下であることに変わりはない。見放すことなどできない。

社内では二十代で唯一の女性管理職である京香は言うまでもなく努力家だった。同時に能力至上主義でもある。

故に研鑽は報われるという矜持《きょうじ》を持っていた。

どんな人間にも鍛えるべき適正はあると信じていた。

根気よく仕事を与えて指導を行えば、きっと御手洗に適した業務が見つかるはずだと今日も淡々と鞭撻を振る。

一見すると近寄り難い雰囲気すら放つ理知的な美しさを持つ彼女の叱咤と、うだつの上がらない風体の御手洗のセットはどこか哀愁を漂わせる。叱られている方が年上ならば尚更だ。

しかし京香の口調に嫌味はなく、そして御手洗の受け応えにも自尊心が見えない。思わず彼女は問い詰めそうになる。

「年下の女に好き勝手言われて悔しくないんですか？」

しかし京香はその言葉をぐっと飲み込んだ。

それが彼女の職場の常である。

「あはは。また御手洗さんに手を焼かされたんだ」

温和そうに笑うのは京香の夫である慎一郎《しんいちろう》。帰宅した愛妻の前に夕食を並べながら、彼女の仕事の愚痴を笑い飛ばす。

「今更ながらに管理職の難しさを痛感しているわ」

食卓に座りながら冗談めかして京香が微笑む。彼女が職場では決して見せることのない柔らかい表情である。部下に緊迫感を与える鉄面皮の上司も、自宅ではリラックスした笑顔を見せる。

三年前の結婚時に、思い切って一軒家を購入するかどうか迷った末に、保留として借りた賃貸マンションはすっかり彼らの生活に馴染んでいた。暖かい色の壁紙や掃除の行き届いたフローリングは京香の心を落ち着かせる。

「部長就任の話もあるんだろ？　頑張らないとな」

「そうね。泣き言なんて言ってられないものね」

「京香の泣き言なら聞いてみたい気がするけどね」

「やだ。やめてよ」

京香は夫の冗談に頬を緩ませた。職場ではこんな風に笑うことなどあり得ないだろう。夫の飄々《ひょうひょう》とした性格もあるのだろうが、どうして彼の一言一句でこうも心の凝りがほぐれるのだろうと不思議に思う。

この人と結婚して良かった。京香は料理を終えた慎一郎が目の前に座るのを見届けながら、心の底からそう思った。

「今日は鶏肉が安かったんだ」

そう言われて早速並べられた料理に箸を進める。ソテーにされた鶏肉は香ばしい風味に溢《あふ》れていて、一噛みする度にジューシーな旨味が舌を喜ばせた。

「あら、美味しい」

「お口に合ったようでなによりだよ」

実際に慎一郎の料理の腕は日に日に上達していた。

京香は咀嚼《そしゃく》から嚥下《えんげ》を終えると、申し訳なさそうに眉根を下げる。

「いつも家事を任せっきりにしてごめんね？」

「なに言ってんの。ちゃんと後片付けやゴミ出しなんかは京香にしてもらってるじゃないか」

それでも掃除や洗濯、買い出しから料理という大半の家事は慎一郎の担当となっている。慎一郎が普段から自宅で仕事をする為、合理的な判断でしかない。旧態依然とした慣習に捉われているわけではないが、それでも京香はほんの少し後ろめたさがあった。

「たまには私が貴方に料理を振る舞いたい時もあるわよ」

その罪悪感を、そう冗談めかして誤魔化す。

平日は残業で遅くなりがちだし、週末は外食で済ませることが多い二人だった。中々その機会はないが、京香の手料理を慎一郎が楽しみにしているのは事実だった。

完璧主義者である京香の料理の腕前は語るまでもない。

それにしてもこのような惚気めいたセリフを口にするなんて自分でも信じられない。

慎一郎に出会ってからというもの、日に日に自分の角が取れていくのを感じる。

昔は表情や態度には出さないものの、苛々していたことが多かったように思える。

自分の思った通りに動いてくれない仕事仲間。女であることの不自由さ。

慎一郎と恋に落ちて、一緒に住むようになってからはそういった刺々しさはすっかりと鳴りを潜めた。

もし彼と出会っていなければ、御手洗にも金切り声で怒鳴るような人間になってい
たかもしれないと京香は考える。
歯の浮くような考え方だが、今更ながらに慎一郎との出会いは奇跡的だったと彼女
は幸運に感謝していた。

時は五年ほど遡る。京香がとある調べもので市の図書館を訪れた時のことだった。
その時の彼女は胸に憤慨を秘めていた。
社会に独り立ちしたばかりだった彼女に襲い掛かるのは、会社でまかり通る不条理
だった。理不尽な上司。取引先。向上心のない同僚。
自然と彼女は休日中でも気が立っていた。
無意識に険のある足取りとなり、眉間には皺が寄っていただろう。
所用を済ませるとどっと気疲れが出て、館内の適当なソファに腰をかける。意図せ
ず漏れるため息。思った以上にストレスが溜まっている。
そんな彼女の耳に届いたのは、図書館のイベントで行われていた子ども向けの読み
聞かせだった。
なんて優しい声だろうと京香の肩から力が抜けた。目を瞑《つむ》った彼女が連想したのは

春のそよ風だったり、干したてでふわふわの毛布だった。

そのまま瞼を閉じ、彼女は眠りの世界に誘われていったのだ。


夕餉に舌鼓を打ちながら思い出の花を胸に咲かせていると、目の前で慎一郎がニコニコと笑っていた。

「どうしたの？」

「いや、出会った時のことをふと思い出してね」

そんなタイミングまで一致するものなのかと京香は内心驚いた。年甲斐もない淡い気持ちで胸がときめく。

「可愛らしい寝顔だったなって」

「やめてよ。恥ずかしい」

いくら慎一郎の読み聞かせが心地よかったからといって、公共の場で眠ってしまったのは彼女にとっては失態でしかなかった。しかしその思い出はとても大切な引き出しに仕舞ってある。

これが当時は図書館に勤めていた慎一郎との出会いである。

そして今、慎一郎は主夫をやりながら絵本作家として活動している。勿論二人で話し合った結果であり、むしろ京香が慎一郎の夢を後押しした結果であった。

結婚を決めた当初は外で働こうとしていた慎一郎を、京香は説得したのである。

京香のおかげで夢を追いながら生活を両立できる自分がいる。慎一郎が愛妻に向ける感謝は言葉では言い表せない。

二人が互いに向け合う慈愛と敬意は海よりも深かった。


夜が更けると二人は当然のように夫婦として愛し合う。

京香にとって彼の前で全てを脱ぎ去るのは何の恐れもない。男性経験が豊富とはいえない彼女にとって恥じらいこそは未だに多少は残る。

それでも慎一郎に全てを曝けだすという行為は、どこか安らぐような開放感に包まれる。

全てを彼に委ねたい。肌を重ねるとその欲求は激しく灯りだす。

会社ではスーツという名の鉄の鎧を着こむ必要がある。それは冷たく強固で、とても頼りになる相棒だ。

しかしこの場所ではそれは無用の長物でしかない。

何故ならもっと頼もしい腕に抱かれているのだから。

肌触りの良い薄手の毛布の下で、二人の身体が正常位で交わり合っている。

「んっ……はぁ……」

職場で見せる氷のような毅然とした眼差しや声色は、夫婦の寝室では一切見られない。悩まし気で艶《あで》やかな甘さだけが慎一郎を煽り立てる。

「やっ、ん……」

慎一郎は脚を伸ばし切っており、京香の下肢はそれに纏わりつくように抱擁する。時々爪先でふくらはぎを優しくなぞったりするが、そういった所作は全て無意識で行われていた。ただただ自分を抱く夫が愛しいという気持ちがそうさせた。

「……京香」

少し辛そうに彼女の名前を呼ぶ。

京香はそれが射精の合図だと知っていた。

「……来て」

身も心も溶け切ったまま、京香は慎一郎の首に両腕を回して抱き寄せた。

慎一郎が引きつったように腰を止めると、彼の種が注がれていく。その暖かさは京香にとって幸せの絶頂だった。

慎一郎の白色が自分の中に混ざっていく。頭の中が溶けるような多幸感。

「……愛してる」

彼女は一際強く彼を抱き寄せて、その耳元で熱っぽく囁《ささや》くのであった。

「今年も楽しみだね」

ことが終わって化粧台の前で髪を梳く京香の背中に、ベッドで寝そべりながら慎一郎が声を掛ける。

「なにが？」

「今年のお盆はお互いに纏まった休みが取れたじゃないか。勿論君の実家に帰省するだろう？」

京香は苦笑いを浮かべた。嫁側の実家に積極的に帰省したがる夫は珍しいだろう。

「別に無理に行く必要はないわよ」

そう言う京香に慎一郎は声を弾ませる。

「好きなんだよ。京香の故郷。盆地に囲まれて広がった田園。静かな渓流。駅員もいない駅のホーム。自然の宝庫だよなぁ。それにお盆だから祭りもやっているだろ？この時期に行くのは初めてだから楽しみだよ」

京香はクスクスと笑いながら口を挟む。

「少し小馬鹿にしてない？」

「とんでもない」

京香は慎一郎の言葉を疑ってはいない。彼は都会生まれの都会育ちなのだ。田舎に幻想のようなものを抱いている。

なにより彼がそういった場所を好むのは、とある理由があった。

「なにかインスピレーションが湧くんだよな。ビルに挟まれているよりもさ」

絵本作家としてそう嘯《うそぶ》く。実際彼の描く絵本の内容は、自然との調和がテーマになっている作品が多い。

「それにしても良いのかしら。お盆休みに貴方の実家には顔を出さなくて」

「なに言ってんの。ウチには頻繁に顔を出してるんだからいいよ。こっちはお盆だからって親戚が集まるみたいな慣習もないんだし」

実際、慎一郎の実家はこの賃貸からそう遠くはない。昼間から自宅にいる慎一郎は、最低でも週に一度は実家に顔を出している程である。ならば纏まった休みくらいは、京香の実家へ帰省するのが合理的ということは慎一郎側の家族も納得している。

「……あんなところに行っても何も良いことはないと思うんだけどね」

困ったような顔をしながら、京香が再びベッドに滑り込んでくる。

「京香は自分の郷里が好きじゃないのか？」

「うーん……」

京香は慎一郎から目を逸らして考え込んだ。慎一郎はその振る舞いに少し違和感を覚えた。彼女が目を逸らしたのは目の前の自分ではなく、もっと遠くにあるなにかのように感じたのだ。

京香は眉根を少し下げて微笑む。

「……少し変わったところもある村落だから」

「田舎の風習ってやつだろ。でも何度か俺が行った時にはそんなの何も感じなかったけどな」

「そりゃあしょっちゅう変わったことをやってるわけじゃないわよ」

京香は職場では絶対見せないような、あどけない表情でコロコロと笑う。

「あ、そうだ。私の地元といえばね」

「うん」

「例の御手洗さんも同郷なんだよね」

「ええ？　本当に？」

「実は私も最近まで知らなかったのよ。最近母親に教えてもらって。人口はそれなりにいるしほら、丁度あの人とは四つくらい歳が離れてるから、中学なんかも在学時期がずれてるのよね」

「それにしてもすごい偶然だ」

「地区が結構離れてるみたい。だから全然気付かなかった」

「一言で村落っていってもかなり広いところだしね」

京香は天井を仰《あお》ぐと小さくため息をついた。

「はぁ。向こうは知っているのかしら。だったら少しだけやり辛くなるわね」

「同郷のよしみで優しくしてあげなよ」

「今でも不当に厳しく接しているつもりはないんだけど」

それでも秀才で努力家の彼女は、他人の評価にも厳格な一面がある。寛容に接しようと心掛けていても多少は見え隠れしてしまうものだ。

きっと職場では緊迫感に溢れる叱責が見られているのだろうと慎一郎は想像した。

「とにかく楽しみだよ」

慎一郎は布団の下で京香をそっと抱きしめる。

「今年こそは良い報告を持って帰れるようにしようと思ったんだけどな」

そう言いながら京香のお腹をそっと撫でた。

「さっきので授かってるかもしれないわよ？」

大人びた笑顔でそう返す京香に、慎一郎が唇を重ねながら覆いかぶさる。

「それじゃあ念の為、もう一度仕込んでみようか」

「明日も会議があるんだからお手柔らかにね」

京香はクスクスと笑い、彼の唇を甘噛《あまが》みしながら両手を絡めるように握り合った。

第一話　帰郷と奇習

揺れる電車の窓から望める景観に、都会の空気がこれっぽっちも混じらなくなって何時間が経っただろう。

徐々に緑色の比率が増えていく景色に慎一郎は顔を綻ばせる。逆に京香は退屈そうに見える。

どんな時でも表情があまり変わらない京香だが、長くも深い付き合いで微かな機微も読み取れるようになった。慎一郎はそれが嬉しくて小さく笑った。

「どうしたの？」

「いや別に」

ボックス席で目の前に座る美しい妻から、誤魔化すように視線を手元に落とす。暇つぶしに読んでいた小説はもう終盤を迎えていた。

「面白かった？」

彼女の問いに慎一郎は軽妙に答える。

「僕にとってはね。でも京香は苦手だろ。こういうの」

表紙を見せつけるように文庫本を掲げる。

おどろおどろしい色彩の中に、如何《いか》にも奇怪なタイトルが羅列されていた。

「またホラー？　好きね」

呆れるように微笑む京香に対して慎一郎は肩を竦《すく》める。

「京香が現実的過ぎるんだよ」

慎一郎は職業柄、というよりは生来の嗜好《しこう》としてファンタジーやホラーなどの、非現実的なエンターテインメントを好む傾向があった。

逆に京香はノンフィクションやドキュメンタリーをよく嗜《たしな》む。

しかし二人は互いの趣味を押し付け合わないのが、よりよい夫婦の距離感だと理解している。相手の好みを否定したところで生まれるのは諍いだけだ。

それにしてもと慎一郎は思う。

京香はそういった怪奇現象の類いを、たとえフィクションだろうが妙に毛嫌いしているように思えるのだ。

彼女を知る者からすれば彼女は根っからの現実主義者なのだからと違和感を抱くことはないだろう。単純に怖がるなどもってのほかだ。

慎一郎は彼女が素《す》っ頓狂《とんきょう》な声を上げてなにかを恐れたという場面に出くわしたこと

がない。自分が跳んで驚いた程の大きなゴキブリだろうと冷静沈着に対処をしたし、結婚前にデートをした有名なお化け屋敷でも声を震わせたのは彼だけだった。

それでも慎一郎は京香の横顔から、ふと感じる時があるのだ。

彼女はなにかに根源的な畏怖を抱いているのではないか、と。

何の根拠もない推測である。

もしかしたら昔なにかあったのかもしれない。そう思って尋ねてみても、返ってくる言葉はどこか曖昧なものばかりだった。

そんな妻の過去に興味はあるものの、あまりしつこくしても良いことはない。

「それにしても楽しみだな。花崎村《はなさきむら》はスピリチュアルなパワーを感じるんだよな」

「そんな大層なものはないわよ」

京香が品良く笑う。

「そうかなぁ。あんな雰囲気の良い田舎なんだから、パワースポットの一つや二つありそうなもんだけど」

慎一郎の言葉に京香は一瞬だけ言葉を詰まらせると、作ったような笑みで言う。

「……古めかしい神社やお寺があるだけよ」

何事にもテキパキと対応する京香にとって、その一瞬の躊躇《ちゅうちょ》は慎一郎にとっては異質なものに聞こえた。

やがて車窓からの景観は夏を彩る緑の木々が大部分を占めた。たっぷりと水を張った田んぼの中で、農家の人間が何やら作業をしている。そんな風景を眺めていると京香の実家の最寄り駅に着く。

相変わらずホームに駅員はいない。車掌が慌てることなく降りる客の切符を確認している。客といっても慎一郎と京香だけだった。

冷房の効いた車内から外に出ると、思わずむせ返りそうな程の熱気に眉をひそめる。

「今日も真夏日だなぁ……それでも都会よりかはマシに感じるね。コンクリートの照り返しがないからかな」

慎一郎の言葉に京香は小さく笑う。

「これでもまだ舗装された方なのよ。私が小学校の頃なんて農道だらけだったんだから」

電車の駅というよりかはバス停のようなホームから足を進めると、慎一郎は思いっきり背伸びをして深呼吸をした。

見渡す限りが山々に囲まれた田園。ぽつんぽつんと日本家屋が建っている。その中には立派な家屋も見受けられた。

「花崎村なんて名称だけど、村というには中々広いよね」

京香は一番大きな山を指差して口を開く。

「あの山を越えて、もう一つ越えてからが隣町との境目になるからね」

慎一郎も何度かここに足を運んでいるが、田園が広がるのは主に駅の近くだけで、山を越えると結構な密度で住宅が建ち並んでいることを知っている。

ちなみに京香の実家は山を越えない。駅から歩いて数分である。

日傘を差した京香の隣で、慎一郎はビル群に閉ざされることのない開放的な夏空に浮かれながら歩いた。

「京香。あれは何の集まりなのかな?」

まるで好奇心旺盛な少年のように聞く慎一郎の視線の先には、年齢層が様々な男性が開けた広場に集まっていた。子どももいる。

「ああ。お祭りの準備をしているんじゃないかしら。あそこは盆踊りの会場だし」

お祭りといっても小さな櫓が建てられているだけだった。

それでも慎一郎が珍しそうに覗き込むものだから、隣を歩く京香も合わせて視線を向ける。

「あっ」

その京香が小さく声を漏らした。

「どうしたの？」

京香が慎一郎の問いに答えるよりも先に、京香と視線が合った『彼』がこちらへと寄ってくる。

背丈は慎一郎とさほど変わらないが、固太りで色白の中年男性だった。腫れぼったい瞼に三白眼の瞳はどこか陰気に見える。

「お、お疲れ様です。課長」

京香に向かって頭を下げる男を慎一郎は知らない。しかし彼女を課長と呼び、更にはこの花崎村にいるという情報で察した。

「珍しいところで会うわね。御手洗さん」

答え合わせが済むと慎一郎からも頭を下げた。

「どうも。職場ではウチの家内がお世話になってます」

「あ、いえ、こちらこそ……」

御手洗の受け応えはところどころ拙《つたな》く、声色は一々自信が無さげだった。慎一郎の脳裏には、京香に尻を叩かれる彼の姿が鮮明に連想される。

「実を言うと私と御手洗さんが同郷だったなんて今まで知らなかったの。不思議なものね。田舎なんだから帰省した際にこっちで顔を合わせても良さそうなものなのに」

「……自分は今まで碌に帰省していませんでしたから……」

「そう」

慎一郎は隣で聞いていて、なんとも堅苦しい会話だなと感じた。京香は普段通りといえば普段通りだが、御手洗の方が京香に苦手意識を抱いているのがよくわかる。

「兄貴。たまに帰ってきたと思ったらなにサボってんだよ」

そんな彼女達に後ろから声を掛ける若者がいた。歳は二十代半ばだろうか。痩せ型でこの場の誰よりも高身長で、短めの金髪がアロハシャツとよく似合っている。

「……職場の上司がいたから……挨拶してたんだよ」

「んん～？　上司～？」

眉をひそめながらポケットに両手を突っ込み、やや前傾姿勢で慎一郎と京香の顔を見比べる。すると晴れやかな笑顔で手を叩いた。

「ああ。はいはい。財前《ざいぜん》さん家《ち》の」

財前とは京香の旧姓である。

「ウチの愚兄がお世話になってます。弟の御手洗孝介《こうすけ》です」

孝介と名乗る彼は軽快にそう言った。

慎一郎と京香が軽く会釈を返すと、孝介はケラケラと笑いながら愉快そうに言う。

「こんな綺麗な上司がいるとかさ、兄貴超ラッキーじゃん」

本人を前に明け透けな物言いだったが、貶されたわけでもないので慎一郎は困ったように笑うだけだった。

「おい！　御手洗兄弟！　なにチンタラやってんだ！　さっさとこれ運べ！」

櫓の方から荒っぽい声が聞こえると、孝介は露骨に舌打ちをして、兄の方は肩をすぼめた。

孝介は再び笑顔を取り繕う。

「それじゃ俺達はこれで」

「……ええ。お疲れ様」

去っていく二人の背中を見届けながら慎一郎が言う。

「まさかこんなところで例の御手洗さんと出会うとはね」

「そうね。田舎といってもよくできた偶然ね」

二人はそれだけ会話を交わすと何事もなかったかのようにその場を去ろうとする。

なんとなく肌に纏わりつくのが盆地特有の湿気だけではなく、京香に向けられた孝介の視線にいやらしい好色が感じられたからだろうか。それを振り払うように二人は歩を進める。

その際に、櫓を組む男衆の会話が、慎一郎の耳に薄《う》っすらと届いた。

「高屋敷《たかやしき》のお嬢さんがこないだ懐妊したってな。今年の無花果《いちじく》様はどうするつもりなんだ？」

意味のわからない語句の羅列だったが、どうにも心地のよくない響きを彼の胸に与えた。

半歩先を歩く京香に問いかける。

「京香～。無花果様ってなに？」

「……さぁ。知らないわ。祭りで使うなにかじゃないの？」

慎一郎はぶっきらぼうに答える彼女の背中についていくしかなかった。


「おかえりなさい」

二人を出迎えた京香の母はお淑《しと》やかに頭を下げた。慎一郎が負けじと頭を垂れる。

「二人ともお元気そうでなにより」

大きな日本家屋から覗く声色と表情は、京香とはあまり似通らない柔和なものだった。それでも整った目元や筋の通った鼻は、京香に血を分け与えたことを窺わせる。

還暦を目前に控えた彼女の髪は白いものがいくつか目立ち始めていた。夏風邪を引いたのか時折咳をしている。

「母さん。別に無理して出迎えしなくても、寝てて良かったのに」

京香は靴を脱ぐと母を寝室へと促そうとする。

「でも慎一郎さんに来て頂いて……」

「大丈夫。こっちはこっちでやるから」

具合があまり良くなさそうな義母に対して、慎一郎も遠慮する。

「お義母さん。どうかお構いなく」

「すみませんねぇ」

申し訳なさそうに京香と二人で寝室へと向かっていく。

すぐに戻ってきた京香が自分の荷物を持ち上げると気丈に振る舞うように言った。

「さ、私達はこっちね」

京香の実家は古めかしくはあるものの、手入れは行き届いており立派に見えた。義父は早くに先立たれていたので、今は義母一人で暮らしている。

「ここに一人だと随分広いだろうなぁ……」

慎一郎はその言葉の裏に、寂しさを含ませて言った。

「昔から身体も弱いし、歳も歳だから心配なのよね」

「いっそのことこっちに移住するかい？」

慎一郎の言葉は決してただの軽口ではなかった。元々自然の中での生活に憧れはあった。慎ましい義母に対しては好感を抱いており、一緒に生活するには問題がない。なにより自分の職業に場所は関係がない。自分の実家には弟夫婦が同居している。条件は揃っていた。

しかし京香は力なく笑うだけだった。

「ありがとう。気持ちだけは受け取っておくわ」

そう。なにより京香本人の都合でそれは不可能なのだ。

折角《せっかく》の努力と母の支援もあり卒業できた有名大学。そしてそれなりに有名な会社で乗った出世コース。全てを捨ててこちらに戻ってきても、大した仕事は得られないだろう。

「多分母さん自身が望まないわ。なんの為に高い大学の授業料を払ったんだって」

京香は努めて明るく笑った。

しかし罪悪感と無力感は隠し切れていない。老いた母の傍にいてあげたい。そんな気持ちがひしひしと伝わってくる。それでもどうにも上手くパズルのピースは嵌《は》まらない。

慎一郎は荷物を置くと一人で散策に出掛けた。自分があの家にいるとどうしても義母が気を遣ってしまうだろうし、親子二人で積もる話もあるだろうと配慮してのことだった。

久方ぶりの妻の郷里はやはり都会暮らしに慣れ切った彼にとっては、刺激的で開放的だった。

ブティックはおろかクレープの屋台もない。あるのは田んぼと森林だけだ。見上げると青空だけが空に広がっている。無機質なビルの壁など欠片も見えない。人で混雑した交差点も存在するわけもない。耕運機がマイペースに走っているだけである。

それだけで慎一郎にとっては新鮮で、心の凝りがほぐれるように心地よい。思いっきり息を吸うと、清涼な空気が肺の奥まで届いた。

慎一郎はあぜ道の隣を流れる清流を眺めながら、良いインスピレーションが受けられそうだと次回作の構想に思いを馳せる。

そんな風に田舎を満喫しながら目的もなくブラブラと歩いていると、いつの間にやら家屋がそれなりの密度で建ち並ぶ区画に足を踏み入れていた。

聞こえるのは子どもがはしゃぐ声と犬猫の鳴き声だけという、のどかさを極めたような空間だ。車のエンジン音はおろか、混雑した人々による喧騒などとは無縁の静寂に包まれている。

そんな一角で、こそこそと声を押し殺した会話が聞こえてきた。

どうも自分がすぐ横を通り過ぎようとした平屋の建物は公民館らしい。開けっ放しの窓からは扇風機が回る音と共に、多数の老人の声が漏れてくるのだ。

決して盗み聞きをするつもりではなかったが、どういうわけか慎一郎は誰かに後ろ髪を引っ張られるように足を止めた。

「どうすんだ今年は。まさかこんな直前で当番が懐妊しちまうとはな」

「どうするもこうするもねぇだろ。代理を立てるしかねぇ」

「代理って？」

「神主さんには既にまじなってもらってる。財前さんとこのお嬢さんだ」

「そういえば丁度今日帰省したって話だ」

「旦那さんも一緒に帰ってきてるらしいじゃねえか」

「関係ねぇよ」

「今、村長が幸恵《ゆきえ》さんところに話をつけにいってる」

　幸恵とは京香の母のことである。

「幸恵さんも不憫《ふびん》だな。身体が弱ってるってぇのに」

「別に幸恵さんの体調は関係ねえ。御役目を果たすのは娘だ」

「急だし断られるって可能性はねぇかな？」

「んなことできるわけねえ。そしたら幸恵さんがどれだけここで生き辛くなるか。娘さんも女手一つで育ててくれた母親の面子《メンツ》を蔑《ないがし》ろにはできねえだろ」

　なんの話をしているのか慎一郎には不可解極まった。

　ただ一つわかるのは、村人達の口調がただ事ではないということ。焦燥感と緊迫感に溢れ、多大なる責任と義務を背負っているように聞こえた。

　慎一郎は他人事ではないと感じて、公民館の表に回った。

　公民館は縁側が全て開放されており、村人は十人程いた。最年少でも五十路を超えた壮年男性で、大体は老人で構成された集団だった。

「あの～……すいませ～ん」

　なるべく低姿勢かつ人畜無害な笑顔を浮かべて彼らの前に立った。

なのに村人達は慎一郎の顔を見ると一斉にぎょっとした。その驚きようはただ得体の知れない余所者が突然顔を出した所為なのかどうか、慎一郎には判断がつかなかった。

「あの〜、今ここを通りかかったら妻の名前が聞こえてきてなんの話かなぁと」

村人達は目配《めくば》せをして明らかに動揺していたが、それらを面に出すまいと強引に呑み込もうとしているように見えた。一番奥にいた法被《はっぴ》を着た老人が、にへらと表情を崩すと口を開く。

「ああそうでしたか。これはどうも。お初にお目に掛かります。先程話していたのは神事の件でしてね」

「神事？」

「ええ。お盆の祭りとは別に執り行われる儀式です。その当番だったはずの巫女が急遽都合が悪くなったということで、そちらのお嫁さんにお願いしようという話だったんです」

「へぇ。神事とは具体的にはなにをされるんですか？」

「なにってことはないですよ。ただ決められた作法で神様を鎮めるというだけのことです。簡単な舞踏に近いです。ただ、このご時世でしょう？　若い方は伝統になんぞ興味もありませんし、面倒だのと辞退されるのではないかと心配でね」

余程大事な儀式なのだろう。それならば村人達が切迫した様子で会議を開いていたのも頷ける。

「京香が巫女かぁ」

慎一郎の関心は愛妻の非日常的な姿に向いた。

特に疑念を持つ様子もない彼に、村人達はほっと胸を撫で下ろしていたが、慎一郎はその安堵に気付くことはない。

慎一郎はお礼を述べるとその場から去った。会合を開く村人達の目に、どこか陰が落ちていることも知らぬ存ぜぬまま。


彼が京香の実家に戻ったのは陽が傾き始めた時分だった。

夕陽に照らされた日本家屋は随分と立派に見えた。これを初老の幸恵が一人で維持していくのは大変だろうなと慎一郎は身につまされる。

なんとかしてあげたいと思うが、これぱっかりは京香の仕事の都合があるので仕方がない。まさかここから通勤するわけにもいかない。

そんなことを考えながら入口の門をくぐろうとすると、見知らぬ老人が先に門から顔を出した。どうやら訪問客がいたらしい。西日の所為かその表情からは感情が窺えない。しかしその切羽詰まった雰囲気は覚えがあった。先程の公民館だ。

（そういえば村長が話をつけにいくとか言っていたな）

村長と思われるその老人は入れ違いとなった慎一郎に会釈をすると、そのままどこかへ去っていった。暫くその背中を見届けていたが、なにかを恐れているかのように小さく縮こまっていた。

丁度その老人の背中を追うように、鴉の集団が山へと帰っていく。

家の中に入ると玄関先には誰もいなかった。

村の中と同様に朴訥とした静寂で満たされている。

玄関から続く真っすぐの廊下を行く。その突き当たりの右の部屋が幸恵の寝室で、左に曲がると京香と泊まる客間に辿り着く。

幸恵が就寝している可能性を鑑みて、慎一郎は忍び足で突き当たりを通過しようとした。すると幸恵の寝室から声が聞こえる。

「……私の方から村長さんに断ってあげようか？」

それは娘の身を案じる母のか細くも優しい声だった。

「母さんは気にしなくていいわよ。私がちゃんと御役目を果たすから」

「でも……」

「何も気に病むことはないでしょ。この花崎村では特別なことでもなんでもないんだし」

どうやら先程公民館で聞いた話らしい。

幸恵が京香に掛ける言葉が遠慮がちなのは、面倒事を押し付けてしまったという親心だと慎一郎は捉えた。

そしてそれに対して京香が強張《こわば》りすら感じる程、普段以上に毅然とした物腰を見せたのは、親に余計な心配はさせまいという娘心だと感じた。

しかしそれにしては、と慎一郎は怪訝《けげん》に思う。

村人達の会合もそうだったし、村長の背中や幸恵と京香の会話には、どこか薄っすらと畏怖を伴った悲壮が香ったような気がしたのだ。

余程信仰が厚いのか、それとも伝統を重んじる風土なのか。慎一郎は不思議に思いながらも、それもこの田舎の一部なのだろうと納得するしかなかった。

こっそりとその場を通り過ぎようとする慎一郎の耳に途切れ途切れで二人の会話が聞こえる。

「でもお相手はよりによって……さんなんでしょ？　お仕事に……ないのかい？」

「大丈夫よ。お互い大人なんだから。その辺は割り切って……」

お互いが心配し合っている親子愛を感じながら、慎一郎は廊下を歩いていく。


それからというもの、特になにかの様子が変わったということはない。村は相変わらずお盆の祭りの準備に明け暮れていたし、家ではイマイチ体調の優れない幸恵を京香が慮《おもんぱか》っていた。

幸恵の身体は看病や介護が必要な程ではなかったが、それでもたった一人の肉親である。京香は常に気に掛けていた。しかし幸恵がそんな京香になにか申し訳なさそうな視線を送るのは、それればかりが原因ではないように慎一郎は思えた。というのも、その幸恵の眼差しは時々自分にも向けられたからである。

その日の晩、三人で夕餉の卓を囲むと、慎一郎は何気なく尋ねた。

「なんだか巫女さんに選ばれたんだって？」

幸恵と京香の箸が止まった。

「……どこで聞いたの？」

慎一郎は啜っている味噌汁に視線を落としながら言う。

「公民館。最近は若い人が面倒くさがってやりたがらないから大変だって言ってたよ。

でも京香の巫女姿とか是非見てみたいけどな」

「……そんな大袈裟なことじゃないわよ。それに儀式がある時は当事者以外立ち入り禁止だし」

「なんだ。京香のコスプレ、楽しみにしてたのに」

能天気に笑う慎一郎に対して京香も微笑む。しかしその口元がいつもよりぎこちなかったのは、慎一郎ですら見逃してしまう程に些細な変化だった。

そんな二人のやり取りを見て幸恵がどこか肩身が狭そうに呟く。

「……京香。やっぱり」

そんな声を無理矢理打ち切るように京香が言う。

「ほら、母さん。このイワシ美味しいわよ。脂が乗り切ってる」

その何気ない一言には、もう自分は覚悟を決めたのだからと有無を言わせない優しさを感じた。

そんな京香は慎一郎の方に振り返ると、やはり何事でもないかのように言う。

「あ、そういえばその儀式は明日の夜からだから、小一時間は留守をお願いね」

「明日なんだ。また急な話だな」

「そうなのよ。しかも三日くらい続くから」

「了解。お勤めご苦労さん。それにしても美味いな」

「お野菜もお魚も新鮮でしょ？」

「無人販売所なんて本当にあるんだな。感動したよ」

「作品のインスピレーションに繋がったかしら？」

「ああ。ばっちりだよ。やっぱり今年はこっちに帰省して大正解だったな」

そう笑う慎一郎を、幸恵だけがどこか後ろめたそうに覗き見していた。


夜も更けて皆が床に入った。しかし、どうにも慎一郎は寝付けないでいた。仕方がないと深夜に起き上がり、水を一杯飲んでから縁側へと座った。

星空が眩《まばゆ》いくらいに煌めいている。まさに銀色の河だった。これを見られただけでも、ここに来た価値はあったと慎一郎は感嘆した。

「どうしたの？　眠れない？」

暫く夜空を見上げて呆けていると、不意に京香が隣に座った。

「ああごめんな。起こしちゃったかい？」

「ううん。私も寝付けなくて」

「久しぶりの実家で心が浮ついちゃったとか？」

「まさか」

そこで会話が途切れる。

元々物静かな二人だったが、慎一郎はその静寂がどことなく気まずく感じた。無理矢理言葉を捻《ひね》りだす。

「折角の里帰りなのに面倒事を頼まれちゃったな。京香にはゆっくりしてほしかったけど」

例の神事のことを話題に出すと、一緒に夜空を見上げていた京香が目を伏せた。

「……どうせすることもないし大丈夫。母さんも思ったより元気そうだし。それに大事な儀式といっても夜に小一時間出掛けるだけだから」

そう言ってから彼女は数秒の逡巡《しゅんじゅん》を見せた後に、言葉を付け加えた。

「私がいない間は留守をよろしくね」

どうにもそれは、ただ単純に慎一郎が外出しないことを望んでいるように感じられた。それが幸恵の体調を配慮してのことか、特に他意のないお願いなのかは判断がつかなかった。

慎一郎が言葉の真意を汲み取ろうとしている間、京香は更に言葉を継ぎ足す。

「こんな古臭い村だから、大事な伝統を途切れさせたらその人はきっと肩身が狭くなると思うの」

「村八分ってやつ？」

慎一郎はできる限り冗談めかして言った。京香もその気遣いに応えるよう微笑む。

「そこまで露骨になにかされるかはわからない。というか私だったら無視をされようが別になんでも良いの」

そこまで聞いて慎一郎は気が付く。彼女が恐れているのは村人の不満が幸恵へと向くことだ。今は多少体調を崩している程度だとしても、今後ここで一人で暮らすには彼女は必ず他人との助け合いが必要となるだろう。

それを回避する為なら煩わしい風習の一つや二つに手を貸すことくらい、なんてことはないという判断に違いない。

母親想いの妻の横顔に、慎一郎はなにも言えなくなってしまう。それでも二人が見上げる夜空は彼らを祝福するように瞬いていたし、その月下で彼らは手を繋いで互いの温もりを確かめ合った。


翌日。朝から慎一郎は庭の雑草取りに勤しんだ。照りつけるような陽射しがじりじりと肌を焼く。

「折角の休みなのだから午後からは散策でもしてきたら？」

京香の鶴の一声に慎一郎は昼食を取ると、また一人で村の中を回った。

お盆のお祭りが開かれるのは今晩らしくて、村の若い男衆はその準備で走り回っていた。出店の設営や、村の至るところで提灯を飾ったりしている。その中に見知った顔があった。

京香の部下である御手洗だった。

ポロシャツを汗だくにしながら彼は中年男性に大声で怒鳴られている。

「バカ野郎！　もう邪魔しかしねーんだったらその辺ウロチョロしてろっ！」

そう激しく咎め立てられると、その陰気そうな顔を益々情けなく歪めて木陰に腰を下ろした。

慎一郎は手近な自動販売機で冷たいお茶を買うと、御手洗に近づきそっとそれを差し出した。

「お疲れ様です。暑いし大変でしょう」

御手洗は一瞬困惑の表情を浮かべて固まっていたが、お茶を受け取るとか細い声でお礼を口にした。慎一郎は笑顔でその隣に腰を下ろす。

「……職場と一緒でここでもお荷物です」

自虐の笑みを浮かべながらそう言う。慎一郎は眉を八の字にしながら口元は微笑みを絶やさない。

「いやそんなこと……」

「……あるんです。課長……奥さんにもいつも叱られてばかりで」

慎一郎はバツが悪そうに頬を掻く。

「厳しいところがありますからね。でもああ見えて優しいんですよ」

「いや……自分が悪いんです。いつもドン臭くて……実際迷惑かけてばかりなんですよ」

その自嘲はどこか粘着質で、耳にする者に湿気のように纏わりつく。人がよい慎一郎も思わず口を噤《つぐ》んでしまい、なんと言葉を掛ければ良いのか困る程だった。

慎一郎が二の句を継げずにいると、鴉の大群が山に向かって飛び立っていった。作業中の村人達は押しなべて一瞬肩を震わせて硬直していたが、誰も空を見上げようとはしなかった。

その中で慎一郎と御手洗だけが鴉達の行く末を目で追った。山の中に消えていくその群れに目を奪われた慎一郎の隣で、御手洗が陰気臭い声でぼそりと呟く。

「……課長も大変ですね。突然無花果様の御役目に選ばれるなんて」

「無花果様？」

「この村が土着で信仰している神様みたいなもんですよ」

スピリチュアルな話を好む慎一郎は喰いつくように尋ねる。

「なるほど。どういう神様なんですか？」

「……自分はそういうの詳しくないんでよくわかりません。伝統にも興味がありませんから。ただ今年の神事には自分も参加することになってます」

「へぇ。そうだったんですね」

「参加者は無花果様を祀ってる神主さんが占いで決めているんです。職場だけじゃなくて、神事でもヘマをやらかして課長に怒られちゃいそうだなぁ……」

御手洗はそう卑屈そうに笑った。しかし腫れぼったい瞼は、どこか慎一郎に対して優越感を帯びている。

慎一郎は得も言われぬ不気味さを感じて、彼との会話を打ち切ろうとした。

「貴重なお話ありがとうございました。それじゃ僕はここで」

立ち上がろうとする彼に、御手洗は独り言のように呟く。

「……神事はさっき鴉が向かった方向の祠の近くで行われます。本当は余所の人に教えちゃいけないんですが、もし課長の様子が気になったら足を運んでみてください」

「……どうも」

御手洗の言葉からはどうにも純粋な親切心を感じ取ることができず、慎一郎は喉の奥に異物が詰まったようなお礼しか述べることができなかった。まるで蛇が撒かれた罠のような気色の悪さすら感じた。

慎一郎は早々にその場を離れると、気を取り直して美しい田舎の風景を楽しむことにした。

それにしてもと思う。先程の鴉の大群は目を見張る異様さだったが、村人はまるで耐え忍ぶように視線を落としていた。この田舎では大して珍しくもない光景なのだろうか。


陽が暮れる。外は祭りの出囃子で賑わっていた。

「それじゃあ、行ってくるから」

「折角の神事なのにいつもと同じ格好なんだな」

京香はまるで出勤するかのような黒のスーツだった。

「衣装はあっちで用意されているから」

「それにしてももっとリラックスできる服装で行けばいいのに」

「これが一番気が引き締まるから」

確かに代役とはいえ大役だ。多少の緊張感は必要だろう。

「それじゃあ留守をお願いね」

京香は念を押すように、昨晩と同じセリフを吐いて出掛けていった。その背中を見届けると僕はため息を漏らす。

「余所者はおろか村の当事者以外も見学や立ち入り禁止の神事か。大仰な風習なんだな」

そう感心しながらも、その奇抜な伝統に僕は心をときめかせていた。京香が帰ってきたら詳しい話を聞かせてもらおう。

その後しばらくは、家の中でパソコンに向かっていた。この牧歌的な地で得られた閃きを早速作品に転化しようと思っていたのだ。

そんな僕にお義母さんが声を掛ける。

「折角だからお祭りでも見てきては如何？」

「いや、でも京香から留守を頼まれているので」

「私なら大丈夫。ここのところは随分と調子が良いから」

彼女の口調は明白に申し訳なさそうだった。僕の自由を奪って家に留めておくことに罪悪感を覚えているようだ。こういった他人想いなところも京香に受け継がれているのだろう。

ならばとお言葉に甘えさせてもらって外出させてもらうことにした。

ただしその際に、彼女はお願いするように僕に言う。

「山の方には行かないように。神事は村の者だけで静かに行わなければなりません。またこの時期だとマムシが出るかもしれませんし。慎一郎さんになにかあれば、私が京香からどやされてしまいます」

冗談めいた言い方だったが目は笑っていなかった。

どちらにせよ僕には神事を覗きに行こうなどという気はなかった。興味はあるがわざわざこんな夜更けに自ら足を運ぶものではないだろう。釘を刺されてしまっては尚更だ。京香から体験談を聞けたらそれで良い。

それよりかは昼間から準備をしていたお祭りの方が余程関心があった。

そう。そのお祭りで彼に会うまでは。

「無花果様っていうのは繁殖を願う神様なんすよ」

獣道を先導するのは御手洗さんの弟である孝介君だった。

村中に提灯が飾られ、広場では出店に囲まれた櫓で、盆踊りが開催されていた。とても素朴な祭りで、都会育ちの僕にとっては新鮮ですらあった。これもなにかの資料になると思い熱心に写真を撮っていたら声を掛けてきたのが孝介君だ。

彼はビール片手に既にほろ酔い加減だった。

「やあやあどうも旦那さん。楽しんでますか?」

「こんばんは。お蔭様でね」

「こんな田舎の祭りなんて、都会から来た人にはつまらんでしょう」

「いやぁ、そんなことはないよ」

彼はぐいっと呷るように紙コップのビールを飲み干した。そして退屈そうにヘラヘラと笑う。

「俺も普段は東京で暮らしてんですよ」

「へぇ。そうなんだ」

確かに彼は垢抜けた遊び人といった風体をしている。脱色した短い髪にアロハシャツも軽薄ではあるがよく似合っていた。

「こんなつまんねー場所、すぐにでも出ていきたいってずっと思ってましたよ。それで高校出たら有言実行です」

良いところじゃないか、と口を挟もうとしたが、故郷についての考えは人それぞれだ。特に若い人は都会への憧れもあるだろう。

「東京ではなにをしてるんだい？」

「アパレル関係の仕事してますよ。向こうの大学出て……そっから五年くらいずっとですね」

もう随分と呑んでいたのだろうか。頬を紅潮させて深くため息をつくと、人懐っこい笑顔で僕に向き直る。その背後では出囃子が鳴っていた。

「たまには帰ってこようと思ったけど実際つまんないですね。いや、そうでもないか。今年はちょっと面白いかもしれません」

僕は黙って言葉の続きを待った。

「あのドン臭い兄貴が無花果様の神事に選ばれて？　しかもその相手がキャリアウーマンな美人上司ときたら笑い話の一つにはなりますね。まぁ旦那さんには面白くない話でしょうけど」

確かに折角の里帰りなのに、京香の自由な時間が減ったのは残念ではあるが、どうも彼が言いたいのはそういうことではないらしい。

「僕はその神事とやらについてなにも知らないよ」

その言葉に孝介君は両手を叩いてケラケラと笑った。

「そりゃそうだ。じゃあ良かったら今から見に行きませんか？」

彼は随分と酔っ払っているようだった。昔と変わらぬ退屈な田舎で、少しでも刺激を求めていた。

そして僕もお祭りで浮足立つ、村全体の場の空気に酔っていたのかもしれない。そうでもなければ彼を窘《たしな》めて帰宅していただろう。

余所者が近づいてはいけないという戒めは知っていた。しかし彼という地元の人間の案内があるのだからと、自分に都合の良い理屈を並べ立てる。

そして今、彼の背中を追って山の麓《ふもと》にある神社の階段を上っていた。

石でできた階段を一段昇る度に、お祭りの喧騒は遠ざかっていった。代わりに森林から聞こえる虫の音が耳をつんざく。振り返ると提灯の光が点々と暗闇の中で瞬いていた。

その中でも一際灯りが集中しているのが櫓で、村の大多数が盆踊りに興じているのだろう。

「この花崎村はね、昔は花が咲くで花咲村《はなさきむら》だったんすよ。どっかのタイミングで漢字だけが変わっちゃったんです」

孝介君の足取りや口調はおぼつかなかったが、それでも彼の講釈に耳を傾ける。

「へえ。それはさぞかし風流な土地だったんだろうね」

「いやぁそれがどうも名前とは真逆で殺風景な場所だったらしいっすわ。旦那さんって春や秋の時期に訪れたことないっしょ？　桜や梅はおろか、紅葉なんかも碌に見られないいんだから」

「じゃあ色とりどりの風景がある村になってほしいって願いからそう名付けられたとか？」

「惜しい。望まれたのは開花じゃないんす。花ってのは例えでね……」

蒸し暑い熱帯夜に、背筋を震わすような冷たい風が階下から吹き上がった。

「当時のこの村はとにかく子どもが生まれなかったらしいです。それこそ近い将来に誰も住まないようになっちまうんじゃないかって心配になるくらい」

「……なるほど。花は赤ちゃんの隠喩なんだね。花が咲くってのは子を産むってことか」

階段を一段昇る度に彼の千鳥足はふらつきが大きくなっていく。

「そう。そこで村が崇《あが》め奉《たてまつ》ったのが無花果様ってわけ。無花果ってのは繁殖のシンボルらしいです。それにしても皮肉ですよね。花がないと書く無花果に花を望むんだから」

「それは文字通り無花果そのものを神仏として信仰の対象にしたのかな？　それともなにかの神様にそういう名前を……」

僕が言い終わる前に孝介君は階段を昇り切った。神社の本殿が正面に僕達を出迎える。なんの変哲もない小さな神社だ。

例年になく蒸し暑い熱帯夜なのに、ひんやりとした冷気が漂っている。濁流《だくりゅう》のような汗が少し引いた。

僕は訝《いぶか》し気に尋ねる。

「なんだか人気《ひとけ》がないみたいだけど」

「そりゃあ神事が執り行われてるのはここじゃないですからね。奥さんと俺の兄貴はこの奥の社《やしろ》で、神主は更にその奥の祠で色々やってますよ。こっちです」

身体を動かして酔いが回ったのか、孝介君は益々酩酊《めいてい》極まる千鳥足で先を歩いていく。

彼は本殿のすぐ傍にある側道へと足を踏み入れた。灯りがなければそこに道があるとは気付けないような獣道だ。

「こっから数分歩いたところに物置みたいな社があるんで、神事ならそこでしてるはずですよ。更に歩くと洞穴があるんだけど、その中に祠があるんで神主が拝んでるんです。ご苦労様ですよ。うへへ」

孝介君はそれだけ言うとその場に腰を下ろしてしまった。

「おいおい。大丈夫かい？」

顔も真っ赤でへべれけな彼は笑いながら答える。

「ちょっと呑みすぎちゃったみたいっすね。俺は神社でひと眠りして待ってるんで、興味があったらちらっと覗いてきたら良いですよ」

そう言うと彼は踵《きびす》を返して神社の方へと戻っていった。

「無花果様の前でね……真似事をするんです………子どもが欲しいからって……」

どうしたものかと困ってしまったが、ここまで来たら折角なので社とやらの外見だけでも物見遊山していこうかと足を進める。

月明かりだけを頼りに細い獣道を歩いていく。もう祭りの音はなにも聞こえない。しかし虫の声も聞こえなくなった。

一歩踏み出すごとに身体が冷えていくような感覚に捉われる。これが夜の山の冷気だろうか。汗はもう完全に引いていた。

まるで黄泉《よみ》の世界にでも足を踏み入れてしまったかのような、異質な雰囲気の中で歩みを進める。なんだか自分の意志ではなく、誰かに誘われているかのように足が前に動く。

好奇心がなかったかと言えば嘘になる。霊験あらたかな一幕に身を置いているかのような、スピリチュアルな情緒が僕を突き動かしていた。

やがて孝介君が口にしていた社が前方に映った。

一見物置のようにしか見えない建物だ。特に装飾も見当たらない木造の野小屋。中からオレンジ色の光が、格子状の窓から漏れて揺れ動いていた。

僕はまるで羽虫のようにその光に誘われて、窓に顔を近づけた。

期待していたのは神秘的な巫女衣装を召した愛妻の姿だった。

しかしその期待は裏切られる。それどころか予想だにしない光景が、その社の中で行われていた。

——子どもが欲しいから真似事をする。

孝介君はそう言っていた。

なにを模倣するか。それは考えれば簡単なこと。

夫婦だ。

「課長……そんな……」

自信無さげな御手洗さんが仁王立ちしていた。

そんな彼を叱責するように京香が言う。

「シャンと背筋を伸ばしなさい」

そんなやり取りは二人の間では珍しくない。京香が御手洗さんを鼓舞するなど、職場では常となっている光景だろう。

しかし京香の口調と表情は苦々しい。それもそのはずだった。

直立している御手洗さんの前に腰を下ろし、彼女の目の前で露わになっているのは御手洗さんの男性器だ。

それはまるで太い芋虫のようだった。勃起《ぼっき》こそしておらず頭を下げているが、どっしりとした存在感を醸す程に太く大きい。

互いに薄手の白い行衣《ぎょうい》を羽織ってはいたが、それは両名とも前面がはだけていた。下着などは着けておらず、京香は豊満な乳房の谷間から、すっと縦に筋が入った綺麗なヘソまで露出している。

そんな異様な光景を目にしても、僕の喉はなにも声を上げることができなかった。ただ食い入るように社の中を見届けた。

「……これでなんとかしなさい」

京香は御手洗さんを発奮させるかのようにそう言った。しかしその顔つきは益々苦虫を噛み潰したかのようになっていく。

躊躇を見せた後、京香は御手洗さんの男性器を口に含んだ。

「あぁ……」

恍惚《こうこつ》とも罪悪感とも受け取り辛い様子で御手洗さんが軽く仰け反った。

彼の腰を掴《つか》む京香の両手は、明確に強張っていた。それは生理的嫌悪感や抵抗感、そしてなにより彼女の貞操観念がそうさせていた。

窓に顔を近づける前からやけに甘い香りが漂っていた。夜の山が花の蜜を吐き出しているのかと思った。そうではない。芳香の元はこの社だった。バニラエッセンスのような匂いが鼻腔をくすぐる。どうやらお香が焚かれているようだ。

そしてこの辺りに蔓延する冷気とは裏腹に、社の中はまるでサウナのように茹《ゆだ》っていた。その蒸気めいた熱も窓から噴出している。

まるで社そのものが甘い匂いと熱気を放出する生き物のようだ。

そんな淫猥《いんわい》な狭所の中、京香は御手洗さんの陰部を口に咥《くわ》えた。そして首をゆっくりと前後に振る。

くちゅ、くちゅと音が鳴った。

フェラチオである。

これが神事？

馬鹿を言うなと愕然《がくぜん》とした怒りを覚えると同時に、確かにどこか神聖な儀式のようだと納得している自分がいる。

その原因は中の二人が大真面目だからだろう。一生懸命だと言っても良い。

京香は御手洗さんを勃起させる為に唇を陰茎に這《は》わせ、御手洗さんはそれに応えるようにどんどんとその肉棒を屹立《きつりつ》させていった。

勃起し切った御手洗さんのそれはまさに剛直と呼ぶに相応しい存在感だった。まるでサツマイモのように図太く雄々しい。

京香の唾液でテラテラと妖しく光るそれは僕の喉を鳴らさせた。

水平よりも上に仰角を上げたそれの裏筋に京香は舌を這わせていき、そして根本に口づけするように唇をつける。まるでキスをしているようだ。

続いて睾丸にも軽く口づけを交わしていく。その様子はなにかの契約を果たしているようで、確かにこれがなにかの儀式だと見る者に感じさせる。

更には睾丸を軽く舌で持ち上げるように舐めると、一旦顔を引いて彼の男根の全体

像を眺めた。

そして「やればできるじゃない」とでも言いたげに亀頭から咥えると、じゅぽじゅぽと音を鳴らして首を前後させる。

「あぁっ！　うぅ……課長……」

もはや恍惚だけに満たされた御手洗さんは、どうしようもないといった風に肩を震わせながら両手を京香の頭に置いた。

それは己の男根を唇と舌で愛でてくれる女性に対する感謝と畏敬。そしてなにより征服欲の表れだった。

くっちゅ、くっちゅ、くっちゅ、くっちゅ。

淫らな水音が甘さと熱気に溢れた社を更に爛《ただ》れさせていく。

しかし不思議と場内の空気は猥然としながらも、どこか超自然的な神秘も確かに存在していたのだ。

この脳を痺《しび》れさせるような甘いお香の影響だろうか。それともこの神事にはなにか特別な意味が含まれているというのだろうか。

ともかく京香にしゃぶられている御手洗さんは至極の法悦に表情を蕩《とろ》けさせていた。

いつも自分を冷たく叱咤するだけの口が、今は男性器を温かく包んで扱《しご》いてくれている。そのギャップによる快感に身を委ねているのがよくわかる。

彼の法悦と共に、その太いばかりの男根がギチギチと音を立てて膨張し切っているのは誰の目にも明らかだった。

しかし京香は青筋を立てる肉棒を唇で擦り上げるのを止めない。持ち前の責任感で己の役割を果たそうと、健気な程にじゅぽじゅぽと口淫を続ける。

「……課長……もう……」

御手洗さんの情けない声でようやく京香の首が前後運動を止めた。口を離すと唇と亀頭に唾液の橋が架かる。

パンパンに膨れ上がった男根は、ヒクヒクと跳《は》ねるようだった。

「……よく頑張ったわね」

雄々しいを超えて異形めいた肉槍を目前にし、京香は涼やかな様子で御手洗さんの奮起を称えた。

しかしその鉄壁な無表情の裏で口調はどこか熱っぽく、そして息遣いも僅《わず》かに浅い。

このお香の匂いがそうさせているのだろうか。一体なんなのだ、この匂いは。

そして異常な行動といえば僕自身がそうである。

こんな光景を見せつけられて尚、僕は止めに入ろうとしない。いや、できない。なにかが僕を押さえつけている。

それもやはりこの甘い香りの影響なのか、それとも人ならざるなにかが僕を監視しているのか。

不可解にもただ覗きを続ける僕の行動とは裏腹に、御手洗さんが開いた口から零れ出た言葉は積極的だった。

「か、課長……次は自分が……」

己の逸物《いちもつ》に血気が集中した所為か、生来兼ね揃えた自信のなさが薄まっているようにも感じる。

ともかく彼は勢いに任せるようにその場に座した。京香と対面して腰を下ろす。

よくよく見ると二人は敷いてある布団の上にいた。

蝋燭が数本立っているだけの薄暗い社の中、彼は顔を京香に近づけた。その目的は彼女の唇であることは明白だった。

しかし京香は顔を背けてそれを拒絶する。神事の肝であろう夫婦の模倣を拒否したのだ。

それに対して御手洗さんはなにか言いたげだったが、それ以上強引に唇を奪うようなことはしなかった。

彼は京香の首筋に口をつけると、左手ではだけた行衣の隙間から京香の胸を揉みしだいた。

京香の乳房は熟れたメロンを思わせる程に豊かだ。それを持ち上げるように触る。柔らかい乳肉がむにゅりと彼の手で形を変えた。

喉元をせり上がり、胸を焦がすのは胃酸ではない。炎のような嫉妬だ。

愛する妻の柔肌を、彼女の部下が揉みしだいている。

普段はミスを多発し、叱られ、呆れられ、疎《うと》まれさえしている男が喜々とした表情で妻の豊乳を愉しんでいる。

彼の舌は首筋から鎖骨へと流れ、同時に親指で乳首を弾いた。

「……んっ」

社の中から匂うそれは、桃にハチミツをまぶしたような甘さだった。そこに京香が漏らした吐息が混ざり合う。

中の二人は汗をびっしょりと掻いている。いつの間にか僕も背中を湿らせていた。決して熱帯夜の所為ではない。

異様な空気が社の中で揺れている。僕は声も出せない。この中は神に認められた者しか立ち入れない聖域。僕の細胞がそう認めている。

『気配』はこの奥にあるという洞穴の祠から感じる。『気配』というよりも『視線』。『視線』というよりも『警告』。二人の邪魔をするなと人ならざるモノの声が頭の中で囁く。

とにかく僕は二人の『真似事』から視線を外せなかった。

「……課長……横になってください」

その男が京香に指示を出したのは生まれて初めてのことだろう。

京香がその通りにしなかったのはプライドだろうか。しかし彼が京香の乳頭を口に含むと、そのプライドを溶かすような声を彼女は上げた。

「あっ、んっ……」

甘噛みされて軽く引き伸ばされた乳首は、僕が普段見るそれよりも薄桃色で可憐に見えた。

「はっ……くぅ…………み、御手洗さんっ」

やや語気を強めたのは上司としての威厳を取り戻す為か。ともかく彼女は御手洗さんの肩を押して自らから遠ざけた。

しばし無言で視線を交わす。

京香は意地でも目を逸らさない。

甘い吐息を漏らそうと、柔い乳肉を掴まれようとも、職場で見せる頑《かたく》なな視線で部下と対峙する。

それに物怖じするように御手洗さんは若干及び腰になった。

それでも彼は言った。虎の威を借る狐のように。

「………課長……進めないと……」

このままでは帰れない。仕事を完了していない。

そう京香に訴えかける。

「……くっ」

眉間に皺を寄せて渋々といった様子で京香は横になった。豊満な乳房が横に広がりながらも、美しい盛り上がりを見せる。

はだけた行衣から覗く太ももはむっちりとグラマラスで、その膝から下に伸びるふくらはぎはすらりと細く長い。

見慣れたはずの妻の裸体に僕はどうしようもなく劣情を催した。

そして御手洗さんの興奮はそれ以上だろう。

京香の半裸に見蕩《みと》れるよう硬直すると、ハイエナのように彼女に覆いかぶさった。

僕は思わず目を瞑りたくなったがそれは叶わない。何故だ。何故こんなものを黙って見届けなければならないのだろうか。わからない。

背丈は京香と同じくらいの、固太りの中年の身体が彼女を覆い隠す。

両手で京香を万歳させるように布団に固定して、鎖骨から乳首へと舌を這わす。仰向けになっても迫力を有した肉丘は、舌で舐められるだけでもプリンのように瑞々しく弾んだ。

再び乳首を口に含むと執拗《しつよう》な程にそれをねぶる。

まるで職場での鬱憤を晴らすかのようだ。

「んっ……くぅ…………ふっ、ん……」

初っ端から強引な舌遣いに京香はもどかしそうに喘《あえ》いだ。しかし自尊心が許さないのか必死に歯噛みしている。

僕は窓の格子を握りしめながら違和感に気付く。果たして僕の知る京香はこんな感じやすかっただろうか。こんな乱暴な愛撫を受けて、いきなり悩まし気な声を上げるような女性だっただろうか。

決してそんなはずはなかった。

「…………やっぱりこのお香、なんだかおかしい……」

あまりに匂いが甘すぎる。快楽を促進させるような成分でも入っているのではないかと訝しむ。

「はっ、んっ……」

乳首をコリコリと前歯で挟まれながら、御手洗さんの手が京香の下肢に伸びる。その手が肉感溢れる太ももに触れると、行衣がはらりとはだけた。もはやその薄手の白い装束は、互いの肌を殆《ほとん》ど隠していない。

「……御手洗さん……少し性急だわ」

こんな時でも京香の口調は、会社でミスを咎めるかのような言い草だ。

「でも……こんな濡れてます」

太ももを撫でる彼の手が、時々京香の陰部を摩る。その度にくちゅくちゅと水音が聞こえた。

「それは………んっ」

信じたくはないが京香は濡れているようだった。

「……指、入れます」

御手洗さんの息遣いは既にハァハァと荒くなっていた。見境のつかなくなった犬のようだ。

「ちょっと、それは……あぁっ」

京香は抵抗を示そうとしたが、それを制するように御手洗さんの指が京香の膣内に挿入された。同時に彼女の肩がもどかしそうに揺れる。

その様子を見下ろしながら、御手洗さんは益々呼吸を荒らげていた。極上の女体を弄《もてあそ》ぶ悦楽と共に、歪んだ復讐心が見て取れる。

「……課長も、そんな声を出すんですね」

いやらしく歪んだ口角から、そんな皮肉を投げかけた。

京香は頬を紅潮させると下唇を噛んで顔を背けた。

「……ただの生理現象よ。馬鹿馬鹿しい」

そんなことで勝ち誇るな。そう言いたげだった。

その気迫に多少の尻込みをしつつも御手洗さんは言う。

「たまには……できるところも見せないと……ふふ」

その笑顔はどこか自虐的で醜悪ですらあった。

京香がなにかを言おうとする。きっとそういうところを矯正しろと叱りつけようとしたのだろう。

しかしそれよりも早く御手洗さんの手首が前後する。

ぐちゅぐちゅぐちゅぐちゅ。彼の指が京香の膣内を混ぜ込む摩擦音が響いた。

「あっ、あっ、あっ、あっ……」

京香の背中が微かに浮いた。

「き、気持ち良いですか？」

「だめっ、ちょっ、御手洗さんっ……あんっ、あんっ」

京香は堪らないといった表情を浮かべる。

「いっ、いっ……あぁっ、いっあっ……」

御手洗さんの手首の動きに合わせて、豊かな乳房が弾けるようにタプンタプンと揺れた。

「あぁっ、あっあっ、だめっ、一度止めてっ、あぁっ、御手洗さんっ！」

「どうしました？」

「ど、どうって……うぅっ、はぅっ、それ以上……されたら……」

「されたら？」

普段とは攻守が逆転している。仕事のミスを問い詰められることが常の御手洗さんが、京香の要領を得ない返答を責め立てている。

「やっ、あっあっ」

「言ってくれないとわかりませんよ」

御手洗さんは益々興に乗ったように手首のピストンを強める。

「あぁっ、あっあっ、だめっ、だめっ！」

京香の声が切羽詰まっていくと同時に、むっちりとした太ももがガニ股のように開いていった。

完全に露出した乳房を左手で鷲掴みにし、右手でぐちゅぐちゅと手マンをしながら彼は問う。

「どうなるっていうんですか？　ねぇ課長？」

御手洗さんの口調は好戦的ですらあった。

それに反抗するように京香は一瞬目つきを鋭くしたが、激しい愛撫の前にそれもすぐに蕩けた。

「あっ、あっ、あっ……っぐぅ！」

彼女は悔しそうに歯を食いしばる。こんな時だけ調子に乗る男の言いなりになどなるものかという矜持が鉄の鎧として浮かんでいた。

しかしそれを打ち壊す程に御手洗さんは手首を高速移動させせる。

「あんっ、あんっ、あんっ」

「ほら、ホウレンソウですよ。どうなるのか報告してください」

京香は再び彼を睨みつけようとした。しかし瞼が半分閉じた程度で、到底目力で迫力は出せない。

京香の瞼がぎゅっと閉じて、逆に口がだらしなく開く。

「いっ、く……」

屈辱だった。僕も、京香も。

「イクっ、イクっ、イクっ」

それでも御手洗さんは手を止めない。それどころか笑っていた。

京香はぐっと首を持ち上げて、御手洗さんの手首を掴む。

「……おま○こっ、イっちゃうっ！！！」

ビクン、ビクンと彼女の身体が激しく痙攣《けいれん》した。まるで打ち上げられた海老のようだった。

二人とも、いや、僕も含めて三人ともハァハァと息を乱していた。

御手洗さんは手を離すと、そのびちょびちょに塗《まみ》れた手を振って水分を切ろうとしていた。

その間も京香はビクビクと震えて、爪先はピンと伸び、太ももはだらしなく開いていた。

「……課長、結構敏感なんですね」

職場では笑顔など見せたこともないであろう陰鬱な御手洗さんが、獲物を前にした捕食者のようにくつくつと笑う。

しかし京香もそんな辱めをただ受けるだけの女ではない。

「……御手洗さんもそれくらいの気概を仕事で見せてくれれば、私が口煩くする必要もないんですがね」

乱れた息遣い。痙攣が止まない太もも。しかし、それでも気丈に彼女は御手洗さんを口撃した。

愛妻が上司としての沽券を守ろうとしている中、御手洗さんはそんな彼女の股をぐいっと大きく開いた。正常位で挿入しようとしている。

この神事に於いて、その行為はきっと当然の過程なのだろう。

京香は決して拒絶しなかった。身体の弛緩もあっただろうが、自らの運命を受け入れていた。

しかし刺々しさすら感じる口調で言う。

「……ゴムは着けなさい」

御手洗さんは困惑を表情に浮かべる。

「え？　でもそれは……」

「着けなさい」

有無を言わさない一言。

深層意識に刻み込まれた上下関係が、御手洗さんにこれ以上の議論を許さない。

京香は完全にはだけかけていた行衣のポケットからコンドームを取り出すと、それを御手洗さんに突き付けた。

御手洗さんはそれを渋々着用すると正常位の体勢を取る。

京香の股を開き、その間に腰を下ろした。

その所作一つ一つが鼻息荒く、どこかぎこちない。

京香はずっと顔を背けて口を真一文字に結んでいた。その口元からは彼女の覚悟と責任感が強く滲《にじ》んでいた。

御手洗さんは早速挿入しようとするが、彼女への苦手意識の為か中々照準が定まらない。

何度も亀頭が陰唇を滑る。

「んっ……」

その度に陰核《いんかく》が刺激されるのだろうか、京香は悔しそうな顔で甲高い吐息を漏らした。

くにゅ、くにゅと勃起した男根を陰唇に押し当てる。

「……んっ、はぁっ……くっ、ん」

御手洗さんにそんな気はないだろうが、まるで焦らされているかのようだ。京香は一々もどかしそうに喘いだ。

いい加減京香は苛立《いらだ》ったように口を開く。

「……さっさとしなさい」

その口調はやはり上司として鋭いものだった。御手洗さんの身体がビクリと萎縮する。

「す、すいません……緊張してて」

見るからに女慣れしていない風貌。その上、常日頃から叱責を受けている上司ときている。彼の動作が縮こまるのは無理はない。しかしその男根だけは縮こまるどころか破裂しそうな程に膨張している。

「んっ」

京香の顔色が変わる。男根の穂先が膣口《ちつこう》を捕らえたのだ。

後は腰を押し進めれば結合が叶う。

京香は複雑そうな表情を浮かべた。自分が我慢をすれば全てが上手く回る。しかし僕への罪悪感も色濃く出ていた。

　老いた母の為に自己犠牲を払う彼女の心情は高潔に思えた。しかし僕にはそれを見届ける勇気は出なかった。

　思わず顔を逸らす。その場を去るという選択肢はない。両脚はまるで鉛のように重く動かない。

　背けた僕の顔が酒の匂いを察知する。気が付けば孝介君の顔がすぐ傍にあった。思わず悲鳴を上げそうになったが、僕の喉はそんな気力すら残っていないらしい。ただ小さく肩を震わせて驚きを表現した。

「ウチの兄貴は上手くやってますかね〜？」

　相変わらずへべれけな様子で僕と肩を組むと、耳元で囁いてきた。

　彼は社の中の様子には興味がないのか、僕の横顔を注視するだけだった。

　社の中から小さく声が聞こえた。

「あっ」

　心地よさそうな嬌声《きょうせい》。

「……うう……課長……」

　そして情けなくも感悦極まった声。

それを聞いて孝介君はくつくつと愉快そうに笑った。

「聞きました？　馬鹿兄貴のあの情けない声」

そして社の床がギシギシと揺れる音が続いて聞こえる。

「あっ、あっ、あっ、あっ、あっ、あっ」

「あぁ、すごい……課長の中、吸い付いてきます……」

孝介君は益々上機嫌に笑う。

「吸い付いてくるだって。一々ヤってる時に言うなよな。本当デリカシーないんだから。まぁあの兄貴じゃ女抱くなんて風俗以外で経験したこともないだろうし仕方ないかな」

京香の甲高い声を僕以外に聞かすまい。その一心で僕は孝介君の胸倉を掴みながら、社から数歩だけ離れた。

「い、一体これはなんだっ⁉」

声量を抑えながらも口調を荒らげる。

僕の怒気など受け流すかのように孝介君はヘラヘラと笑いながら言う。

「だから言ったでしょ。繁殖の神様の前で、夫婦の真似事をするって、それだけですよ。それだけ」

「そ、それだけって」

「こんなのただのおままごとみたいなもんです。愛のないセックスなんてお遊びですよ。そう思いません？　奥さんもわざわざゴムまで用意してる」

たとえそうだとしても、御手洗さんは確かに京香の豊満な乳や太ももを触り、膣肉を指や男性器で擦り上げている。更には京香の口で男根を咥えられてもいたのだ。そのやるせなさはそんな言葉で誤魔化し切れない。

僕らの問答を余所に、社の軋《きし》みはより強くなっていた。まるでその小さな建物全体がギシギシと揺れているかのようだった。

「あっ、あっ、あっ、あっ、あっ、あっ、あっ、あっ」

「課長……課長……あぁっ……」

折角距離を取っても、その淫らな嬌声は僕らの耳に届いてしまっていた。

孝介君が頬を緩ませる。

「つっても、馬鹿兄貴の方には愛があるかもしれませんね。すんげー歪んでるけど。叱られ過ぎてマゾになっちゃったのかな？」

「冗談じゃないっ！」

この行為に一方的であろうと愛が介在しているなど考えたくもなかった。

「あながち冗談じゃないと思いますけどね」

「どちらでもいい。さっさとこんなことを終わらせてくれ！」

僕は縋《すが》りつくように孝介君に懇願した。

「俺に言われても困りますよ。所詮《しょせん》俺の立場なんて村人その一なんでね。無花果様のお告げには逆らえませんって」

「なんなんだ無花果様って」

「だから言ったでしょ。かつてこの村を救って、今も信仰されている子宝の神様ですよ」

「だからってこんなことがまかり通るのか⁉」

元々スピリチュアルななにかを期待して里帰りに同行したはずだ。しかし今の僕にはそんなものに関心を抱く余裕などない。なんだかんだで一番大切なのは現実的な生活で、そしてなによりも愛する妻なのだ。

「辺鄙な村ですからね。奇習の一つや二つはあるでしょうよ」

「あまりに現代的じゃなさ過ぎる！」

我ながら自分勝手だと思うが、妻を思うと胸が張り裂けそうだった。

「それになんだ、この甘ったるい匂いは。まさか非合法な薬を使ってるんじゃないだろうな」

「まさか。この辺で採れる香草由来の単なるアロマテラピーですよ」

暖簾に腕押しである。いくら彼に不平不満をぶつけてもなにも変わらない。

そう。

僕が社に足を踏み入れて彼女の手を引っ張って家に連れ帰れば良いだけなのだ。しかしそれができない。

孝介君がどこか憐れむように言う。

「奥さんの実家。今はお母さんが一人で住んでるだけなんですよね。回ってきた御役目を全うしないとどうなることやら。奥さんは旦那さんと一緒に都会に戻れば良いだけでしょうけど、残されたお母さんに対する村人達の当たりはきつくなるでしょうね」

そうなのだ。彼女がこんな理不尽に耐える理由の大部分はお義母さんの為だ。僕がそれを感情的にご破算にしてしまえば、彼女の覚悟が全て無駄になる。

しかし僕が社の中へと怒鳴り込めないのは本当にそれだけが理由か？

この道の奥から感じる不穏な気配は一体なんなんだ。

僕は社から更に山奥へと続く道に顔を向けると孝介君に尋ねた。

「……この先からなにかに見られてる気がしてならない。なにかいるのか……野犬とか」

　僕の声は震えていた。

「ああ。洞穴にある祠に無花果様の御神体が祀ってありますからね。神主さんが今もそれを鎮めようと神事に務めてますよ。きっとなにかよくわからない呪文唱えながら、なにかよくわからない旗みたいなの振って」

「……そんなものがっ……」

　視線を放つわけがない。

　そう言い切れなかった。

　それくらい暗闇の先からは奇怪な眼差しが僕を監視しているように思えてならないのだ。

「まぁ神事は、たかが三日ですよ」

　三日。三日も愛妻が他人の手に抱かれるのを黙って見てろと言うのか。

「……頭がおかしくなる」

「言ったでしょ？　お互いに愛のないセックスなんて真似事の範疇を出ませんよ。奥さんが愛してるのは旦那さんだけですって」

　そんなことはわかっている。わかっているが、耳に届く彼女の嬌声はどんどんと甲高くなっていく。

「あんっ、あんっ、あんっ、あんっ……やっ、だめっ、そんな……あぁっ」

僕は孝介君から手を離すと懇願した。

「頼む……この場から去ってくれ」

僕の意を汲んでくれたのか、彼は黙って僕の肩を叩くと笑顔を絶やさないまま来た道を戻っていく。

その間も社は揺れ続けていた。

「あっ、いっいっ、あぁっ、いっ……だめっ、おっき……」

窓は相変わらず薄暗い灯りを放っている。

「んっんっ、そんな激しく………御手洗さん、待ちなさい……あっん」

僕はそのままそこに佇んでいるべきだった。もしくは踵を返して帰宅するべきだったのかもしれない。

「あっいっ、イクっ……さっき指でイかされたの、まだおま○こに残ってる………だから、だからそんな激しく………あんっあんっあんっ！」

京香なりに厳しく自分を律しているのがわかる。

「……だめよ、そんなの言えるわけないじゃない」

京香が厳格な口調でそう言う。しかしそれ以上に強い快楽に打ちのめされていたのだろうか。次の瞬間には、やや弱腰になった声色を見せた。

「……お願い……聞かないで」

一体御手洗さんはなにを京香に問うているのか。僕はフラフラと再び社の窓に引き寄せられる。体位は密着しながらの側位に変化していた。

「夫のより、大きい………御手洗さんのおちんちんの方が、硬くて強い……」

僕は愕然とした。しかしはしたない言葉を口にする京香を責める権利など僕にはなかった。

「夫の勃起ちんぽより全然太いから……おま○こ苦しいの……」

彼女は息苦しそうに言った。そう。彼女は苦痛から逃れる為にそう言っただけに過ぎないのだ。

「だから、そんなガツガツしないで……」

しかし御手洗さんは余計に腰使いを荒くする。

「あっ、あっ、あっ、あっ。だめっ、おちんちんだめっ。夫より大きいので、それ以上突かないでっ」

本当に彼女の声に塗れているのは苦痛だけだっただろうか。僕にはわからない。

しかし一つ確実なのは、彼女が僕より大きい男根を忌避しているという事実だった。

それがどういう理由であれ、僕を僅かばかり安堵させる。

「おっき、おっきぃ。あんなに下らないミスばかりするのに、おちんちんだけは凄いのっ」

僕はやはり京香を責められない。

何故なら窓に張り付いて彼女を見つめる僕の股間は、もう痛い程に勃起しているからだ。

「課長……もう……」

御手洗さんの表情が射精を間近にして歪む。

「……早く出しなさい……」

京香が上司の顔を取り戻す。

「いいんですか？　このまま課長の中で出して良いんですか？」

まるで精通を迎える少年のように焦燥に駆られながら言う。

京香は唇をきゅっと噛みしめる。

「……それが貴方の役目でしょ」

上司と部下というよりかは、まるで親と子のような叱咤激励だった。

ともかく御手洗さんは射精に向かって腰を遮二無二振った。

「あっあっあっあっあっあっ」

京香の凛然とした顔つき、声色がドロドロに溶けていく。

「課長の中で出しますっ！」

普段は自信無さげで自虐的な彼が、男らしく宣言する。

「あっ、来るっ、ちんぽ、膨らんで……あぁっ」

「課長っ！！！」

「ああっ、腰っ、すごいっ、こんなの初めてっ、あぁぁっ」

最後に叩きつけるようなストロークを見せるとピストンが中断された。

「うぅぅ」

御手洗さんが呻《うめ》くような声を上げると、ドクドクと肉棒がヒクつきながらゴムの中で射精を迎える。

「んんっ」

京香の一層甲高くも甘い声は無理矢理喉の奥に押し込んでいたが、それでも微かに鼻から漏れていた。

御手洗さんは絶頂しながらも、京香の乳房に指を食い込ませて謝罪する。

「……すいません。自分だけがイってしまって……」

京香がほぼ同時に絶頂していたのは明白だった。しかし射精で手一杯の彼には気付くことができなかったのだろう。

しかし京香はその言葉を否定しなかった。僕以外との性交で達してしまったなど、彼女にとっては認めたくない屈辱でしかない。

「……それは気にすることはないわ」

「でもこの神事は夫婦のように契りを交わさないと……」

二人は一戦を交えた後の乱れた息遣いの中、言葉を交わす。

「考え過ぎよ」

「……本来なら確かゴムの着用も許されていないはずで……」

京香は一度深呼吸をした後、きっぱりと言い切った。

「夫以外の生挿入など許容も許可もできるわけないわ」

僕は涙が浮かぶ程に嬉しかった。

「……わかりました……旦那さんのこと、大切に想ってるんですね」

「当たり前でしょう」

「……自分も声を掛けられました。優しい方だと思いました」

昼間の話だろう。京香はその言葉で、若干溜飲が下がったように見えた。

「……でも」

得意気に鼻を鳴らす京香を余所に、御手洗さんが言葉を続ける。

「まだ自分は鎮まってはいません。神事は男が鎮まるまで続けなければならないはずです」

京香が苦々しく口を噤む。どうやら正論らしい。

「…………わかった。追加のゴムを取りに帰るわ」

「一度始めた神事は終わるまで外に出てはいけないはずです」

理詰めで京香が追い込まれる。

「自分達は一度ゴム着用という禁を犯しています。これ以上の協定違反は村の役人にも報告させてもらいますよ」

御手洗さんの目が獲物を逃がさないと決意した爬虫類のように輝く。

京香は観念したように言った。

「……仕事でもそれくらい意欲を見せてもらえれば助かるんだけど」

御手洗さんは挿入を解いてゴムを外すとそれを京香の腹に置いた。そして剥《む》きだしになった男性器を正常位で再び彼女に挿入しようとする。

一度は京香が僕に操《みさお》を立てて拒絶した生挿入。それを彼に奪われる。

射精したばかりの男根はビキビキと音を立てて凶悪な屹立を見せていた。

まだ終わり切っていない射精が涎《よだれ》のように垂れている。

「課長……」

そこにはもうだつの上がらない部下はいない。京香を抱きたくて仕方がない雄が一匹、京香に覆いかぶさるだけだった。

「あっ、ん……」

彼が生で侵入してくると、京香は一際表情を罪悪感で歪めた。

御手洗さんがゆっくりと腰を振る。

それは京香をじっくりと味わうかのような咀嚼めいたピストン。

「んっんっ、あっ、あぁ……」

京香が思わず拳を握る。

「……あ、熱い……」

「え？」

御手洗さんが息を荒らげながら問い返す。

「…………お、おちんちんが熱いって言ったのよ」

憮然とした態度で返答するも、その肌に浮かぶ汗粒といい、彼女の心身が火照り切っているのは瞭然としていた。

ぎっ、ぎっ、ぎっ。

御手洗さんはゆっくりと腰を振る。

「あっ、あっ、あっ、あっ」

「あんまり早くすると……すぐイっちゃいそうなんで」

「やっあっ、あっあっ、硬っ、いっ」

「それくらい課長の中、気持ち良いです」

明け透けにそんなことを言う御手洗さんを咎めるように京香は口を開く。

「……やめなさい……あまり、動かさないで……」

「……無理です。腰が止まりません」

彼はより深く己を京香に挿し込むような動きを見せた。

「あっいっ　それっ、あっあっ」

ふぅふぅと息を上げながらも、御手洗さんは無言で前後運動を続ける。

「いっ、いっ、いっ　そこっ、だめっ……大きいので、奥、トントンって……」

「こうですか？　これが良いんですか？」

動きが流暢《りゅうちょう》になっていく。

「あんっあんっあんっ」

京香は堪らないといった様子で喘ぎながらも彼の腕にしがみつく。

切迫感を募らせて言う。

「……………お願い……あまり擦らないで……」

「はい？」

「……生のおちんちんで……私のおま○こを、そんなゴシゴシしないで……」

「……神事って、そういうもんですから……種付け交尾ってそういうもんですから」

彼女は弱々しく首を横に振る。

「だめ…………夫だけだから…………生でおま○こするの……夫だけだから……」

声はもうこれ以上ない程に上擦っていたが、それでも毅然とした口調でそう言い切った。

絞り出された本音に僕は泣きそうになった。彼女がそれ程までに僕のことを想ってくれていた事実が嬉しくて仕方なかった。

しかし悠長に喜んでなどいられない。

「今の夫は、自分ですから」

ゴムを挟んでとはいえ性交を果たし、更には生の結合をしている御手洗さんは男としての自信を増していた。

それは決して良い意味ではなく、増長と言って差し支えなかった。

京香の申し出を却下するように乱暴に腰を振る。

「あっ、あっ、あっ、あっ、あっ、あっ、あっ」

「気持ち良いですか？」

「やっ、あっ……わかんなっ、あいっ、いっいっ、待って、待って……」

「次は一緒にイキましょうね」

「あいっ、ひっ、んっ、あっあっあっ、やっ、すごっ……」

「課長は大きいのが好きなんですね？」

「いやっ、ちがっ……」

「ち、違わないですよ。こんなグチョグチョにして。本気汁が太ももまで垂れちゃってるじゃないですか」

どこか愚鈍そうな物言いはそのままだったが、しかし彼の声色には加虐嗜好の色が如実に滲み始めていた。

「自分も一緒に気持ち良くなってあげますね」

そう言うと彼はピストン運動を更に激しくさせた。

ごつごつと腰を叩きつける。

「あぁっ、あっ、あっあっあん♡　そんなされたら……うぅ……あぁ……来る」

「一緒にイキましょう。奥で沢山種付けしてあげますから」

「だ、だめっ！　それはだめっ………お願い……外に……」

「夫婦としては模倣でも……種をつけるのは本気でやるのが神事のはずです」

どれだけ京香が拒否してもやり切る覚悟を決めたのか、その腰使いは苛烈を極めた。

「あひっ、ひっ、いぃ、ひっん、いっいっ、イク……極太生ちんぽでイクっ♡」

京香が蕩けに蕩け切った。御手洗さんも絶頂を目前にしていた。

そんな緊迫した一瞬の中、京香が会社での鉄壁の才女である姿を取り戻す。

「……御手洗さんっ！　外で出しなさい！」

険しく言い放たれたその一言に、御手洗さんは条件反射で言うことを聞いてしまう。

腰を引くと噴火のように精液が京香の顔から腹部までビチャビチャと掛かった。

それを受け止めながら京香も全身を震わせて絶頂する。

「あぁっ、イック、生ちんぽからドロドロザーメン掛けられてイクっ」

僕は流石《さすが》に黙って見ていられなくて、社の壁に向かって拳を振り上げた。しかしそ

の瞬間に身体が硬直した。

そして誰もいないはずのその場に、乱れたノイズのような声が響く。

「ジャマヲスルナ」

心の中でその声に「黙れ！」と怒りをぶちまける。しかし振り上げた拳を下ろすことはできなかった。

どちらにせよ全てはもう終わっていた。御手洗さんは射精を終えて、妻はその精液で全身を白く染められていたのだ。今更僕に止められることなどない。

気が付いたらその場から逃げ出すように駆けていた。

脇目も振らずに夜道を走った。

祭囃子が鳴り響く村の中を、なにかから逃げるように逃走したのだ。

一体なにを恐れたというのか。

乱れる妻の姿だろうか。

それとも社の奥にあるという祠から放たれる、妖しくも怪しい何者かの視線だろうか。

第二話　欺瞞と憤懣

帰宅を果たすと布団に潜り込んだ。

外からはまだ盆踊りの音が薄っすらと聞こえてくる。

僕は布団の中で目に焼き付いた光景を何度も反芻《はんすう》した。

妻が会社の部下に抱かれる姿。

改めて襲う吐き気をなんとかやり過ごしながら京香の帰りを待つ。

小一時間程が経っただろうか。やがて僕達の寝室である客間の障子が開かれた。

「……もう寝た？」

いつもと変わらぬ知的な妻の声。先程までの狂宴などなかったかのよう。

「……うん。少し疲れてしまってね」

僕は吐き気を抑えながらも応えた。

「お祭りの雰囲気に当てられてしまったのね」

彼女はそう言いながら僕の隣の布団に入った。

それ以上会話を続けられない。本来ならば神事のことを根掘り葉掘り聞く予定だったのに、僕は布団の中で丸まったままだ。

本音を言うなら無性に彼女を抱きしめたかった。そしてそのまま本能のまま彼女と愛し合いたかった。

それでも僕を躊躇させるのは瞼の裏にこびりついた、御手洗さんに精液塗れにされた彼女の姿。

もうシャワーも浴びたに違いない。隣からはシャンプーの良い匂いしか漂ってこない。しかし真似事とはいえ別の男と夫婦の契りを演じた彼女に僕は遠慮を覚えてしまっている。

救いなのはその時々で彼女が見せた僕への敬意。

僕は布団から腕だけを出すと彼女に手を伸ばした。

「君は？　疲れたかい？」

「……そうね。大したことはしていないのだけれど」

彼女はそう言うと僕の手を握ってくれた。

――大したことはしていない。

その言葉は彼女が彼女自身に言い聞かせているようだった。

灯りが消えた寝室で、京香の寝息は中々聞こえてこない。

僕も寝入ることもできず、かといって問い詰めることもできず、悶々と熱帯夜を過ごすこととなった。


どれだけ異常な夜を過ごそうが、迎えた朝にはなんの変哲も見られない。

京香の様子を窺うが、やはり変わったところは見当たらない。品良く正座で朝餉の味噌汁を音もなく啜っている。

「目の下に隈ができてるけど大丈夫？」

僕の体調を案じてくれる余裕もある。

「昨晩はちょっと寝苦しかったからね」

どちらかといえば僕の方がしどろもどろになってしまう。

一晩経つとやはり昨日のあれは奇妙な夢だったのではないかと思えてしまう。それ程に全てが非現実的だった。しかし京香の蕩けた顔。喘ぎ声。全てが鮮明だ。特にあの独特の甘い香りがまだ鼻腔に残っている気がした。

僕は頭を振ってそれらを消し去ろうとする。

京香はそんな僕を小首を傾《かし》げて見ていたが、虫が飛んでいたと言い訳をした。

朝食を取ると僕はスケッチブックを持って村に出た。

家の中にいるとどうしても京香のことを考えてしまう。

京香も折角の田舎なのだから、存分に素朴な風景を書き写してくればいいと言ってくれた。

「少しでも新しい絵本のアイデアが浮かぶと良いわね」

彼女は笑顔でそう僕を送り出す。

それに応えるように手を振りながら家から離れた。

たっぷりと水を張った田に、青々とした稲が伸びている。その上空を夏の渡り鳥が滑空していた。目に映る全ての風景が目新しい。

それでも僕の心はどこか暗澹《あんたん》としていた。

村は盆踊りの後片付けに奔走していた。特に広場は櫓と出店を解体する為に、多くの男の人が集まっていた。なんとはなしにそちらへ目を向ける。

するとデジャブのような場面に出くわした。

「馬鹿野郎！　それくらいもできねえのかっ！」

御手洗さんが年配の人に怒鳴られていたのだ。彼の足元には角材が散らばっている。

「はぁ～」

大袈裟なくらいに大きなため息をつかれた。

「……もう良いからあっちへ行ってろ。邪魔だ」

そう冷たくあしらわれても、彼は特に落ち込んだ様子もなく作業の場から離れる。

そして彼が足を向けた先には丁度僕がいた。

彼の視線が僕を捉える。こちらから話しかけた昨日とは違い、僕は無意識に彼から目を逸らしていた。

「……どうも」

真夏日の晴天に似つかわしくない、どんよりとした雰囲気を纏う男性である。

彼の会釈に僕はどう反応すれば良いのかわからなかった。

周囲が後片付けで慌ただしくしている中、彼は陰気そうにぼそりと呟いた。

「弟に聞きました。昨晩神事を覗いていたって」

心臓が止まりそうになる。喉元が締め付けられてなにも言えなくなった。

「安心してください。課長には言いません。でももうやめた方が良いです。無花果様の怒りに触れます」

覗いていたことに関しては肯定も否定もしないままオウム返しをする。

「無花果様の怒り？」

「元々あの場所は余所の人が立ち入るべきではありません。神事の時となれば尚更です」

「……だったらどうなるっていうんですか？」

「神事を抜かりなくこなすと村に子宝が恵まれます。その逆もあるということです」

「……僕があの場にいた所為で、僕と京香の間に子どもができなくなるとでも？」

「『無花果様の言うことを聞かない人間には、子宝に恵まれなくなる』。子どもの頃から耳にタコができるくらい言い聞かされてます」

それがただの伝承であれば、興味深い土産話の一つにもなる。しかし彼らは実際にその信仰を行動に移している。普通じゃない。

僕が押し黙っていると、御手洗さんがもそもそと言葉を続ける。

「……あの課長が役目を黙って引き受けたのは、なにも実家の村八分を恐れただけではないのかもしれませんよ」

「僕との子宝も案じていたと？　あの京香がそんな話を信じて？」

「この村で生まれ育ったからには、無花果様の存在は大なり小なり影響は受けていま
す」

それだけ言い残すと彼は僕の前から去っていった。

僕は適当な日陰を探すと腰を下ろして顔を覆った。

京香があのような痴態を演じた理由の一つは、僕との温かい未来の一つを重んじてのことだったのだろうか。

もしそうだとしたら、複雑な感情が胸に渦巻いた。

実家の為だけではなく、僕との子作りに要らぬ障害を持ち込ませない為だったのであれば、その為の自己犠牲であったのであれば。

そう考えると益々京香にはなにも言えなくなる。

そんな言い伝えなど気にする必要はない。

ここに来る前なら、にべもなく愛妻にそう言えただろう。

しかし僕はあの気配を、あの視線を感じてしまっている。

祠の中に祀られているという無花果様。

僕は畏怖と同時に抑え切れない好奇心を抱いてしまっていた。


夫の慎一郎とは違い、私は非現実的な話が嫌いだ。だから無花果様など微塵《みじん》も信じていない。

しかしこの生まれ故郷には信仰心の厚い人が多い。年配に限らず若い人も例外でなく、特に男性はそのオカルト的な存在を信じがちな気がする。

その理由としては私の憶測ではあるが、そんな神様がいるかどうかなどどうでも良いのだ。ただ性欲を発散できる体《てい》の良い風習をもたらしてくれる、都合の良い存在を崇拝しているだけではないのだろうか。

だから私は昔からそういった超常現象だとかそういった類の話が昔から嫌いだった。

全ては人が作ったまやかしで、願望や欲望の表れでしかないのだ。

昨日の夜までは確かにそう思っていた。

もっと正確に言うと社に入り、私と同じく御役目に抜擢された御手洗さんと肌を重ねてから少しだけ見解が変わった。

変わらざるを得なかった。

社で対峙した冴えない部下は、どこか雰囲気が変わっていた。鈍い部分はそのままにどこか傲慢さが見え隠れした。

こんな馬鹿げた言い方はしたくはないが、なにかに憑かれているかのようだった。

それでも時々活を入れると正気に戻ったような素振りを見せていた。

そしてなにより異質なのは、あの場の雰囲気だ。あの甘い匂いがするお香の影響だけではない。

ずっとなにかに見られているような気がした。その視線は全身に粘りつくようで、不穏な気配を感じさせた。

私はその日常からかけ離れた雰囲気に呑まれるように、御手洗さんに抱かれてしまった。

その挙句、はしたない姿を見せた。あんな風に乱れるのは生まれて初めてだったかもしれない。腹部の芯からジンジンと痺れては、全身が熱く火照った。

ただ単純に子どもが欲しいと強烈《きょうれつ》に願った。御手洗さんの腕の中で、切望の渦に巻き込まれた。

夫との子どもは欲しいと常々考えていた。当然だ。彼を愛している。

でも昨晩のはそうじゃない。

相手など考えずに子種をこの身に宿したいなどと、理性の欠片もない感情が脳裏に浮かんでは弾け続けていた。

社に入るまでは責任感と罪悪感しかなかった。

老いた母を守る為。愛する伴侶への申し訳なさ。

しかし社の中で御手洗さんと肌を重ねる度に私の心は、いや、私の身体は受胎を願い始めたのだ。

それは罪悪感をより一層強めた。夫以外の男性の腕の中で、そんなことを考えている自分への怒りと恥で奥歯が軋んだ。

しかし同時に強く沸き立ったのは、やはり妊娠するなら夫が良いという素朴な願いだった。いや、夫でなければ駄目なのだ。少なくとも私の心はそう断言している。

昔から老人が口を酸っぱくして言っていた。

――無花果様を敬わない人間は子宝に恵まれない。

つまりそれはこの神事を無事に終わらせなければ、夫との子作りに支障が出るということ。

そんな馬鹿な。非合理も極まりない迷信だ。

昨晩までの私ならそう一笑に付していただろう。

しかし今はその迷信が全身に纏わりついて、振り払えないでいる。

夫との子を生《な》せなければどれだけ悲しいだろうか。あの人の子どもが欲しい。

そう願いながら、私は神事の二日目を迎えた。

また一つ新たな責任を肩に背負いながら私は社へと向かう。

夫が田舎の風景に興味を持ち、日中は殆ど外を散策していたのは私にとって幸運だった。今だけはどんな顔をして談笑すれば良いのかわからない。

陽が暮れ始めると私は夕食の準備だけをして社へと向かった。母はなにも言わない。

彼女もこの村の人間である。御役目に選ばれることの意味や覚悟は理解している。ただ最初は私と夫に対して申し訳なく思ってくれたのか、御役目を辞退しても構わないと言ってくれた。

その気持ちだけで十分だ。

勿論嫌悪感や抵抗感はある。二日目だからといって慣れることはない。

昨晩感じた妊娠への渇望がただの勘違いであったことを祈るしかない。

私を玄関で見送る時、夫は少し浮かない表情だった。

「もし体調が優れないなら家で休んでいても良いんじゃないか？」

普段通りに過ごすよう努めていたはずだが、やはり私の気苦労は伴侶に隠し切れていなかったのかもしれない。

「ううん。大丈夫。ただ座っているだけだから」

彼に嘘をつくことがこんなに胸が痛むものだとは思ってもいなかった。彼の優しい気遣いが刃物となって心臓に突き刺さる。

私は作り笑いを浮かべて家を出た。

社に向かう一歩一歩が重かった。見えないなにかが足元に絡みついてくる。それは罪の意識だけではない。私は生まれて初めて無花果様とやらの存在を感じ始めていた。

それは、この儀式の重要性を認めてしまっている証でもあった。

最初は実家を、母を守る為だった。しかし今では夫と円満な子作りをしたいという意欲の比重が高い。

御役目を果たさなかったばかりに、子宝に恵まれないなどという結果はあってはならない。

子どもが欲しい。

夫の子どもを産みたい。

そのモチベーションを糧《かて》に歩みを進める。

この願いを無花果様などという不可解な存在に邪魔されたくはない。

神社の階段を上り、社に近づくにつれ、私は再び不穏な気配を感じてしまっている。

社の更に奥にある祠の上空では鴉の集団が渦を巻くように旋回していた。

祠には近づくなと子どもの頃から厳重に言い聞かされている。当時の男子などは怖いモノ見たさで肝試しなどをしていたらしいが、私は興味がないので近づいたことすらなかった。この社ですら、この件で初めて足を踏み入れたくらいだ。

認めるしかないのだろうか。祠にはなにかがある。

ならばその上で私は胸を張って、その馬鹿馬鹿しい存在に言ってやりたい。

御役目ならば果たしてやる。その代わり、私と夫の将来の一切合切を邪魔するな、と。

まずは昨晩と同じように四畳半程しかない広さの社の中で、私と御手洗さんが神主さんの前で正座をしてお清めを受ける。

神主さんが大麻《おおぬさ》を振って祈祷《きとう》する間、私はちらりと御手洗さんを覗き見た。

いつもと変わらぬどこか眠たそうな顔を俯けていた。

最初、御役目の相手が彼と聞いて勿論驚愕《きょうがく》はした。会社の部下ということで不都合があるかもしれないとも思ったが、それ以上に私はどちらかといえば安堵すらしていたのだ。

それは私が彼に全くこれっぽっちも男性的魅力を感じていなかったからである。魅力どころか男性として意識すらしていなかった。

なので彼と御役目を果たすことは浮気どころか、性行為を交わすという意識すら感じなかったのだ。

彼は私にとって無機物だった。職場に置いてある、使い勝手の悪いコピー機と同じだ。

それは私の抵抗感を多少なりとも薄らげてくれた。

そこに関してのみは感謝すらしていた。

しかし昨晩の途中から彼は少しばかり人が変わっていった。

性行為で昂《たかぶ》った男性というものは誰しもそうなのかもしれないが、それにしても普段の間が抜けている彼が獣じみた性欲を見せたのは驚きに値した。

やがてお清めが終わると神主さんは社を去っていった。彼は彼で今から祠に行って、御神体を鎮める儀式を務めなければならない。

御手洗さんと二人きりになると、私達は昨日と同じように行衣へと着替えようとした。

背中合わせに脱衣を始めようとする。すると彼がおずおずと口を開いた。

「……あの……一つお願いがあるんですが……」

既に社にはあの甘いお香が焚かれていた。

「なに？」

相変わらず人を苛立たせるような、すっきりとしない口調に思わず私の返事も厳しくなってしまう。

「……そのままの姿じゃいけませんか？」

「どういうこと？」

「……だから、その…………課長がスーツ姿のまま、御役目をしたいというか……」

思考が停止する。確かに私はスーツを着ていた。私はスーツが好きだ。多少なりともフォーマルな場に赴く時は、必ず着用する。身が引き締まるような思いがするのだ。

「……なんで？」

返答が中々ない。私は振り返ると怪訝そうに腕を組んで、彼を睨みつけた。すると彼はきょろきょろと視線を左右に泳がせ、そして観念したように口を開く。

「……あの、神主さんが言うには、装束はなんでも良いらしくて……」

「だからってどうして私がスーツを着たまま……その、御手洗さんが御役目を果たす必要があるのかしら」

まるで職場にいるかのような厳格な雰囲気で彼を問い質す。

彼はしどろもどろになりながらも、やがて答えた。

「……その、神主さんが…………儀式はなるべく男性側が興奮するようなシチュエーションで行うべきだって」

その言葉が本当かどうかはもう確かめようがない。それよりも私が呆れたのは……。

「……つまり御手洗さんは私のスーツ姿に劣情を催すということですか？」

冷たく、鋭く聞き返す。

彼は叱られた子どものように頷いた。

深くため息を吐く。

「あ、あの、変な意味じゃなくて、格好良いなといつも思っていたので……」

彼は慌てて言い訳を口にするが吐き気がした。

私は表情と声色に一切の感情を浮かべないようにしながら言った。我ながら冷徹だったと思う。

「それが儀式を円滑に進める為に必要ならばそうします。ただし……」

そう。それが夫との未来を紡ぐ為に必要ならばそうする。

「ただし、夏季休暇が終わった後、貴方と同じ部署で働きたくありません。どちらかの部署異動を人事部に打診します」

そのような目で見られて一緒に仕事などできるわけもない。

彼はしょんぼりと肩を落としながらも、私の宣告にただ力なく頷いていた。

自分で言うのもなんだが私は会社では重宝されている。御手洗さんは逆にいつクビを切られても仕方がない程の働きぶりだ。それらしい理由をつければおそらく私の希望は通るだろう。

ともかく私は二日目の儀式をスーツ姿で行うことになった。

それは確かに悪寒を伴うような要望ではあったが、同時に私にとっては力強いものでもあった。スーツは私にとって鎧のようなものだった。女だからと社会で舐められない為の甲冑。

それに身を守られながらであれば、昨晩のようなはしたない乱れ方は防げるのではないかと考えた。

お香の甘い香りも、そして祠から感じる不穏な気配も、全てを弾き返してやるという意気込みで二日目の御役目が始まった。


儀式での性行為は私からイニシアチブを取ることはない。夫以外との性行為にやる気が溢れるわけもないからだ。

昨晩は緊張して勃起しない彼を口淫こそしたが、基本的には受け身で終わらせたいと願っている。

しかし今日ばかりは文句の一つも言うべきだったかもしれない。

今私は四つん這いになり、スカートを捲《まく》られ、ショーツを膝まで下ろされた状態で陰部を舐められている。

恥辱というよりかは屈辱だった。

普段はミスを叱りつけている相手に臀部《でんぶ》を突き上げ、あまつさえ性器を舐められている。

　職場での手際の悪さが嘘のように舌遣いは滑らかだった。お世辞にも女性経験が多そうには見えない。こんな言い方は可哀想だが、ハッキリ言ってしまえば男性的な魅力がまるっきり欠如している。

　なのに陰唇を撫でる舌の腹は私の肌に熱を灯らせた。時々クリトリスを突く舌捌《さば》きも正確の一言だ。

「……んっ」

「……ここが良いですか？」

　そんなことを尋ねてくる。吐息で下腹部がくすぐったい。

　あまりにデリカシーがないと私は無視をした。

　返事がないことを好意的に捉えたのか、彼の舌遣いは更に力が籠もる。グリグリと舌先で勃起してしまった陰核を押し潰してきた。

「はっ、あっ」

　両手は拳を握り口は閉じていた。それでも脳天を痺れさせるような刺激には耐え切れず、鼻から抜けるような吐息を漏らしてしまう。

　その場所が効果的と教えてしまったようで、硬くなった豆のような陰核を執拗に舐め回してきた。
「んっく……はぁっあ……んっ、やっ……」
快楽で頭の中がぼんやりと霞がかってくる。
そんな中、彼は遠慮がちに言った。
「……このまま一回イかせますね」
こんな格好のまま、部下に好き勝手やられて果てるなど屈辱の極みだった。
私は両手で布団をきつく握り、歯を食いしばった。
籠城を決め込む私に彼の舌が襲い掛かる。
グリグリ、グリグリ。
的確な責めに加えて緩急まで織り込んでくる。
「くっ……」
その手練手管に屈しないよう意識を強く持った。
しかし舐められて溶けるバターのように、私の性器はトロトロになっていく。
膝まで垂れる粘液が彼の唾液だけではないことが嫌でもわかった。
感じてしまっている。愛液を垂れてしまっている。
その事実を受け止めると、かぁっと頬が熱くなるのを感じた。

しかし一度溶け始めたバターを留める術はない。

「んんっ……ふぅっ、う……」

手に握る布団の皺が乱れる。

認めたくはないが、御手洗さんの舌の動きは私を滑らかに絶頂へと導いていく。

そういえば彼が風俗通いにご執心だという噂を風に聞いたことがあった。

私は余計に腹が立つ。お金で買った女性と積んだ経験で、私をこうも見事に蕩けさせていくなんて。

その努力を職務で見せてほしいものだ。

「そ、そろそろイかせてあげますね……」

私の太ももを両手で爪を立てるように掴みながら、彼がそんなことを言う。

なにか皮肉の一言でも返したかったが、今この場に於いては彼が支配権を握っているのは間違いがなかった。

「…………もう、いいから」

せめてもの抵抗として私はクンニリングスの中断を申し出た。前戯としてはもう十分に機能を果たしている。

しかし彼は私のクリトリスを吸ったり舐めたりをやめない。

「……ねぇ、もう十分に濡れているでしょ⁉」

私は恥を忍んでそう言った。ふと思い出してしまったのだ。私は夫にクンニされてイった経験がないことを。なのに他の男の舌で達するわけにはいかない。

決して彼と性行為がしたいわけじゃないが、それでもクンニリングスをさっさと終わらせてほしかった。

そんな私の些細な願いも通じることなく、彼は責務を果たすようにクリトリスを責め立てる。

「んっ、あっ……はぁっ、あっ……」

背に腹はかえられなかった。彼の舌で絶頂することだけは避けたかった。こんな馬鹿げた儀式の中でも、少しでも夫に操を立てたかったのだ。

「…………は、早く、欲しい……」

もっと他にスマートな解決方法はあったかもしれない。しかしすっかり茹で上がった私の頭では、性行為に移行するしかこの状況を脱する方法を見いだせなかった。

「でもちゃんとイくくらいに弛緩させて濡らさないと……自分のは大きいってよく言われますし」

きっとそうでしょうねと心の中で毒づいた。彼の男根は風俗嬢でも躊躇する程の太さを有しており、昨晩は嫌という程に味わった。

それでも夫婦としての貞淑を守る為なら、膣が裂ける苦痛を味わった方がマシだ。

私は少し苛立ちを隠し切れずに言う。

「……早く貴方とセックスしたいと言っているの！」

しかしその浅はかな誘惑は逆効果だったみたいで、彼の鼻息を荒らげさせて余計に愛撫で絶頂させることを頑なに決意させてしまった。

「……早、く……御手洗さんのおちんちんが欲しい……」

じりじりと頭に甘い痺れが蓄積する。陰部に至っては彼の舌で突かれる度に、ヒクヒクと物欲しそうに陰唇が揺れ動いた。

「……昨日みたいに、太い勃起ちんぽでおま○こして……」

もはやその言葉はクンニリングスから逃れる為か、それとも本当に男を求めているのかわからなくなっていく。

私は額を布団にこすりつけながら首を横に振った。

違う。

夫以外の男の人を欲しがるわけがない。そんなことがあってはいけない。

そう厳粛に自分を戒めながらもその時は来た。

「やだっ………イクっ♡」

小指の先程に勃起した陰核を、すぼめた口で彼が吸うと、私の頭の中で白い火花が散った。

「あぁっ♡　〜〜〜〜〜っくぅ♡」

ビクンと臀部が跳ね上がる。同時に太ももが軽く痙攣した。頭の中が真っ白になって心地よい浮遊感に襲われる。

なんとかそれを跳ね返そうとする。せめてこの快楽を満喫しては駄目だ。私の心も身体も夫のものなのだから。

ふわふわと揺れる絶頂の中、私は波のように続く快感に抗《あらが》い続けていた。

そんな折、ヒクつく陰唇に熱したなにかが押し当てられる。

硬い。まるで筋肉の塊だ。

それが膣口を押し広げて私の中に侵入しようとしてくる。

「そ、それじゃ……入れますね」

彼は両手で私の臀部を力いっぱい掴むと、そのまま腰を押し進めてきた。

熱い。侵入してきたその鉄の棒は膣壁《ちつへき》を火傷《やけど》させせんとばかりに滾《たぎ》っていた。ドクドクと脈動する浮き出た血管まで感じ取られる。

「ちょっと……これ……」

間違いなく生だった。

「……駄目よ……ゴム……」

しなさい、と命令口調で最後まで言い切れなかった。サツマイモのような図太い陰茎が根本まで挿入されて私の口は言葉を発する自由を奪われた。

彼の陰毛を押し付けられる程に根本まで挿入され切っている。ギチギチと膣肉が押し広げられている。

「……うっ……ぐぅ……！」

息苦しさを伴う程の結合感。確かに絶頂の余韻に浸っていなければ、痛みすら感じていたかもしれない。

お腹の奥に押し込まれる。後背位からの挿入なので、背中が持ち上げられそうな程の剛直だった。

生理のスケジュールは把握している。今は確実に安全日だ。しかしそういう問題ではない。伴侶以外の人間と、生の性器同士で結合するべきではないという倫理観が意識の中で警鐘を鳴らす。

「ほら……これが欲しかったんですよね？」

得意気にそう言う彼に、私は思わず怒鳴り返したくなってしまった。職場でも彼のミスに対して怒声を上げたことは一度もない。しかし今の私は彼の上司ではなく一人の女として苛立っていた。

そしてなにより、御手洗さんの生挿入によって、即刻に再絶頂してしまってる自分の身体に激しい怒りを覚えた。

「あぁぁっ♡　はっ、ん♡」

自分の声とは思えない甲高い嬌声が、布団に押し付けた口から勝手に漏れる。

「……課長の中、ウネウネしてて気持ち良いです……今までで一番」

一体どこの誰と比較されているのか。それも腹立たしかったが、ここまで雄々しい巨根が悦ぶように胎内でヒクつくと、私の肉壺もそれに呼応するようにブルブルと震えた。

「う、動きますね？」

「…………だ…………め……」

息も絶え絶えに言う。

頭の中はクンニリングスからの生挿入で立て続けに絶頂させられ、白い火花が散る真下で波が何度も往来していた。

タンッ、タンッ、タンッ。

彼にとっては軽い様子見程度のピストンだったに違いない。

「あっ、あっ、あっ♡」

しかし私はその一往復毎に脳天まで突き刺されるような錯覚に陥った。

「良い感じですか？」

御手洗さんも鼻息を荒らげながらそう問う。しかし彼の呼吸の乱れは私のそれとは一線を画していた。

私は単純に肉体的な火照りによる嬌声が呼吸を乱していたが、彼は精神的な高揚が明白に感じ取れた。

それは今にもはち切れんばかりの、私の中に埋没している陰茎からしても読み取れる。

「課長……どうですか？」

タンッ、タンッ、タンッ。

「あっいっ♡　いっ、いっ、あっはぁ、んっ♡」

なにか論理的な返答などできる余裕もない。

彼が腰を動かす度に私の身体と意識はバラバラになりそうだった。それ程までに激しい快感。

甘いお香の香りが鼻につく。これはただのリラックス効果を生むアロマだと知っている。

ならばこの背骨までビリビリと痺れる気持ち良さは、彼の勃起した男根が生んでいるのは疑う余地がなかった。

「やっあっ、おっき♡　御手洗さんっ、大きい、からっ……」

私は必死にその考えを振り払おうとした。

しかしどうしても深層意識で泡のように浮かんできてしまう。

浮かんでしまえば、後は弾けるように口から漏れる。

「……いっ、や……」

「気持ち良さそうですよ？」

舌なめずり交じりであろうその言葉に対して、ヒステリックに口を閉じろと一喝しそうになる。

だが私の口から漏れるのは泡の中身だった。

「……夫のより大きいから、いや……」

「どうしてです？」

パンパンパンと前後運動のペースを上げながら問い詰めてくる。まるで拷問のような快楽の中、私は脳裏に浮かんだ言葉をただ発してしまう。

「……夫より大きいちんぽ、夫より気持ち良くなるから嫌なの……」

私の理性は今すぐ口を閉じろと命令している。

しかしもはやそんな指示書は、頭の片隅でひらひらと桜の花びらのように舞い散っていた。

やはりこの社はおかしい。いや、この土地自体がおかしいのだ。

今晩も尋常ならぬ気配と視線を感じる。

せめて私は心の奥に仕舞ってある宝物を守ろうと身を縮こませる。そして何度も胸の中でその宝物の中身を連呼するのだ。

欲しいのは夫の子どもだけ。

孕《はら》みたいのは夫の子種だけ。

スーツのままだったのは逆に幸運だったかもしれない。少しでも意識の硬度が上がった気がしたから。

しかし私のスーツ姿に欲情しているのか、御手洗さんの陰茎も明らかに昨晩より雄々しさを増している。

膨張し切った亀頭は、カリで膣壁を荒々しく擦ってくる。その度に私は背中を反らして、あられもない声を上げてしまうのだ。

また昨晩のように、妙な高揚で乱れ始めてしまっている。

果たして私は堪え切れるだろうか。

もしも無花果様が存在するのなら、縋りついてでも私の矜持を守り切らせてほしいと願うだろう。

子どもが欲しいのなら、この村から帰った後にいくらでも私と夫で作ります。

だからほんの一欠片《ひとかけら》でも、私をかき乱す巨根の精液を欲する気持ちなど湧かさないでください。

生まれて初めて神にそう祈った。

儀式二日目の夜。僕は苦悩していた。

妻を送り出す時、顔に張り付けた作り笑顔は痛みすら伴った。

夜が更けた村はあちこちで虫や蛙が鳴いている。

僕は彼女を引き留めるべきだったのだろうか。そして様々なことを問い詰めるべきだったのだろうか。しかし彼女は母親と僕の為に自己犠牲を受け入れている。その敬虔な覚悟を無駄にするのは憚《はばか》られる思いがあった。

ともかく僕は神社へと向かった。

昨日よりも蒸し暑く、昇っている間に汗がこめかみを伝う。

孝介君に教えてもらった本殿の脇道に入るとそのまま社へと向かった。正確には御神体が祀られている洞穴とやらを目にしてみたかったのだ。

僕と京香をこんな目に遭わせている無花果様とやらを、一目でも拝んで文句を浴びせたい気持ちで一杯だった。

獣道を進むにつれて、纏わりつくような息苦しさが増していく。それ以上進むなと誰かが警告しているかのようだった。

やがて社に到着するが、僕は目を逸らしながら脇を通り過ぎた。中からは肉と肉が派手にぶつかり合う音だけが聞こえてきた。

それ以外にもなにかくぐもった声が漏れていた気がするが、虫の音色に掻き消される程度のものだった。

きっと京香が僕のことを慮り、声を我慢しているのだと察した。必死に己を律しようとしている誠実さが感じ取れた。

その健気な気持ちに胸が痛くなる。しかしやはり僕にはこの社の中で行われていることを止める権利はない。

彼女は母親の為。そして僕と新しい家族を築く為に己の身を業火に置いているのだ。

僕は足早に社の横を通り過ぎると更にその奥へと足を運んだ。

洞穴はすぐに見つかった。断崖の麓にぽっかりと穴を空けた入口があり、その横を篝火が灯していた。

僕は息を殺しながら忍び足でその入口まで近づく。すると中から神主のものと思われる祈祷の言葉が聞こえてきた。

彼の声はとにかく真剣で、まるで村の命運を一身に背負っているかのように奉唱していた。

僕は一気にうすら寒さを感じた。この中にはなにかがいる。僕が無花果様に抱く感情は好奇心と怒りが半々だったが、それらが全て恐怖に塗り替えられた。

僕は呼吸をするのも忘れて後ずさった。

ゆっくりと、対峙する猛獣を刺激しないように後退した。

やがて僕は社の前まで戻っていた。

まるで夜空から降り立つ巨大な手の平に誘導されるように、僕はフラフラと社の窓を覗き込んだ。

「あいっ、いっいっ、ひぃっ、いっいんっ♡」

相変わらず中からは肉と肉が激しくぶつかり合う音が聞こえてくる。一方は固太りの男の下腹部。もう一方は熟した桃尻。

「いっ、イクっ♡　またイクっ♡　イっちゃうっ！　イっちゃうっ！　あっあっ♡　ガチガチのちんぽでイクの止まんないっ♡」

京香はやはり嬌声を必死に喉元に押し込もうとはしていた。その努力だけは伝わるように、どこか押し殺したような嬌声だった。

「イクっ、イクっ、駄目っ、これ以上ちんぽ駄目っ♡　あっあっあっ♡　イックク♡」

上半身だけスーツを着たままの彼女が、四つん這いになっていた。その後ろから全裸の御手洗さんが激しく彼女を突き上げている。

「あぁぁっ♡　すっごい……♡♡♡」

両肘をついて顔を布団に押し付けた彼女が、一際甘い声を上げると臀部から太ももまでをブルブルと大きく痙攣させた。

恍惚の声を上げるのは京香だけではない。御手洗さんも天に昇るような顔つきと口調で言う。

「か、課長……そんなにゅるにゅると絡みついてきて……あぁ……」

彼女は恥ずかしくて堪らないといった様子で応える。

「い、言わないで…………だって、貴方のおちんちんがずっとおま○こ気持ち良くしてくるから…………だから、奥まで刺さってる勃起ちんぽ、ぎゅうぎゅうに抱きしめてしまう…………こんなにおちんぽ硬いの凄いって……抱擁してしまうの……」

こんな時でも彼女の声色に理知的な雰囲気は少し残っていた。

しかし明らかに彼女の方からも腰を押し付けるように突き上げている。

「それじゃあお返しにもっと課長の奥、可愛がってあげますね」

御手洗さんはぎゅうっと下腹部を押し付けるように腰を密着させた。

「あぁっ♡」

白桃を思わせる豊かな尻肉がむにゅりと潰れると、京香が堪らないといった様子の声を上げる。

「ここ、特に可愛い声が出ますね」

御手洗さんの口調には抑え切れない優越が混じっていた。

「……やめ、なさい……」

「すいません。よく聞こえませんでした」

「……おま○この一番の深いところまで……んっ♡　ガチガチちんぽを押し込むのはやめなさいと言っているのっ」

互いの声は隠し切れない性的高揚で熱が灯ってはいるものの、その口調はそれぞれ本来の気質によるものだ。

京香は筋の通った凛々しい物言いだし、御手洗さんはどこか自信が無さげだ。

交わす言葉だけを聞くとその上下関係は京香が明白に上に思える。

しかしこの場の支配権を握っているのは疑う余地もなく御手洗さんだった。

「で、でも……気持ち良さそうです」

困ったように御手洗さんが腰を控え目にトントンと突く。

「あっ、あっ♡」

そんな小さな動きでも京香は切なさを帯びた声を上げた。

「……気持ち良いんですよね？」

トンッ、トンッ、トンッ。

「あんっ、あんっ、あんっ♡」

「あぁ……課長がそんな可愛い声出すなんて……」

「違っ……これは……」

心外だと言わんばかりの京香を余所に、御手洗さんは無言で前後運動を続ける。

「あいっ♡　いっいっ♡　ちんぽっ、いいっ♡　そこっ、駄目っ♡」

「課長の一番深いところ、もうすっかりパックリと開いちゃってますよ」

「いやっ、言わないで……」

「赤ちゃん……欲しいんですよね？」

京香の息苦しそうな様子は見てるこちらが息を呑む程だった。そんな状態でも彼女は気丈に言う。

「……それは、夫のだけ……」

「本当ですか？」

ぱしん、ぱしんと小気味良く腰を叩きつける。

「あんっ♡　あんっ♡」

甲高い声を漏らした後も、京香はなにかに抗うように言う。

「……私が欲しいのは、夫の子どもだけ…………こんな、こんな…………」

「こんな？」

ぱんっ、ぱんっ、ぱんっ。

「あっあっあっ♡　こ、こんな大きいちんぽで、妊娠したいわけじゃない……」

御手洗さんは京香の腰を掴み直す。彼女の臀部は汗で濡れて、艶やかに煌めいていた。

「だ、駄目ですよ課長……この場だけでも、お互いの赤ちゃんを望まないと……そうじゃないと御役目を果たせませんよ」

御手洗さんのその言葉が建前であり、彼の目的が別にあることは瞭然だった。

「……でも……でも」

京香は崖っぷちのところでなにかに耐えていた。

「ふ、振りだけですから……あくまで真似事ですから」

言い訳するようにそう言うと、御手洗さんは腰の動きを激しくさせた。

「あっあっあっあっ♡」

「ほら、正直になりましょう」

京香の両手が布団を握りしめる。

「やっあっ、いやっ……欲しくない……こんな気持ち良いだけのちんぽで、赤ちゃん作りたくない……あっいいっ、すごっ♡」

「気持ち良いですか？」

「きもちっ……いいっ……けど」

「赤ちゃん欲しいですよね？」

「…………お願い……聞かないで……」

御手洗さんの腰つきが粗暴になる。二人の結合部はぐちゃぐちゃと愛液を混ぜ合いながら、ガツガツとした衝突音も奏でだす。

「あぁっ、あっあっ♡　いいっ、いいっ♡　ちんぽっ、きもちっ♡」

御手洗さんも額に汗を浮かべ、息を切らしながら言う。

「……課長……わかりますか？　もう自分も限界です……」

「……あっあっあっ♡　おちんちん、膨らんでっ……あぁっ、すごっ♡」

「パックリ開いた課長の子宮口に、たっぷりと注いであげますね」

「あっ、あん♡　嘘っ、だめっ、外に……外に出して……」

「ス、スーツ、汚れちゃいますよ」

京香は焦りながらなんとか拒絶しようとする。

「そんなの良いから……お願い、中はやめて……っ！」

ガツガツと貪るように腰を振りながら、御手洗さんは縋りつくように言う。

「じ、自分は……課長と赤ちゃんが作りたいです……」

「だめっ、だめっ……御手洗さんのちんぽで妊娠したくないっ」

「でも課長の子宮は、もう赤ちゃん欲しいって下がり切ってますよ」

「それは……それは……だって……」

「危ない日なんですか？」

「……違うけど……でも…………あぁっ♡♡♡」

ビクン、と京香の臀部がヒクついた。達したようだ。それでも御手洗さんはピストンを止めない。

「あっあっあっ♡　凄いっ♡　凄いっ♡　ちんぽ来るっ♡　おっきいの、奥まで来るっ♡」

京香は咲き乱れるように喘いだ。

「やぁっ、勃起ちんぽっ、パンパンになってるっ♡」

「うぅ……課長……出しますよ」

「いやっ、いやっ……夫以外の赤ちゃん汁、おま○こに入れないでっ……あっあっ♡だめっ、おま○こ、イクの止まらないっ♡」

一際腰使いが荒々しくなる。京香の尻肉が打楽器のような音を奏でる。

「あっ、あっ、あっ♡　イクっ、イクっ♡　中出しちんぽと一緒にイっちゃうっ♡」

「課長っ！」

「あぁぁっ♡♡♡」

御手洗さんが最後に大きなストロークを見せてピストンを中断すると、二人は同時に全身を痙攣させた。

御手洗さんは口を半開きにして、両手の指を京香の尻肉に食い込ませる。

京香は臀部から太ももまでブルブルと小刻みに揺らし、両手は布団を掻き毟《むし》るように縋りついていた。

「………やだ……熱い……」

「課長……止まりません……」

傍目《はため》に見ていても、ビュルビュルと勢い良く射精の音が聞こえてきそうだった。

「そんなっ、んっ♡　沢山……あぁっ♡　ザー汁すごい……お腹一杯になる……♡」

「課長のがうねって……搾り取ってきます……」

その言葉を受けて、京香は耳まで真っ赤にしていた。

しかし否定はせずに、悩まし気に突き上げた桃尻を揺らしていた。

やがて京香の器が受け止め切れない程に吐精したのか、京香の股間からだらりと白濁液が糸を引くように布団に垂れた。

「……こんなに出すなんて……」

京香の言葉は呆れと同時に驚嘆も混じっている。

「……す、すいません……」

悩まし気な息遣いを続けながらも京香はため息を吐いた。

「中はやめなさいと言ったはずよ……」

セックスの余韻に浸りつつも、普段の京香の声色が戻りつつある。

「…………すいません」

御手洗さんも萎縮はしていたが、その間も膣内射精を続けているのが京香の吐息でわかる。

「……んっ、はぁ…………すごい、まだドクドクして…………あっ、んっ♡」

「……課長……」

御手洗さんは切なそうに前屈みになりながら、指を食い込ませていた尻肉に更に力を込めていた。それは更なる精の放出を見る者に予感させる。

やがて股間から真下に垂れるだけでなく、精液が内腿を伝っていく。

僕はそれをまるで悪い夢を見ているかのように、頭をグラグラと揺らしながら見届けていた。

ただただ無力な僕の目の前で、御手洗さんが再び腰を前後させ始める。

たっぷりと膣内に塗りたくられた精液が、未だカリを張るよう勃起しているのであろう陰茎にぐちゅぐちゅと掻き混ぜられていた。

「んっ、んっ、あっ、あぁっ…………♡」

「き、きちんと塗りたくってあげますからね」

御手洗さんはまるで普段叱られている凡ミスを取り返すかのように言う。

「余計なことは……あっんっ♡　も、もう、一度出したのだから……良いでしょう？」

「でも……でも………まだ出ます……まだまだ課長に注ぎ込めます……」

ぐっ、ぐっ、ぐっ、と腰を押し込みながら意気込む。するとそれに絆《ほだ》されるように京香の声も蕩けた。

「あっ、あっ、あぁっ、ん♡」

「課長の身体、まだまだ赤ちゃん欲しがってます……子宮口が亀頭を咥えてますよ」

京香は言葉を返さなかった。ただ甘くも切ない嬌声を上げる。

「やっあっ、あっあっあっ♡　どうして……おちんちん、大きいままなの……」

「ねぇ？　欲しいんですよね？　赤ちゃん」

京香は意地でもそれを言葉で認めないという姿勢を見せた。

しかし彼女の腰は明らかに自らも振っており、御手洗さんのピストンと息を合わせてぺちんぺちんと音を鳴らしていた。

「んっ、んっ、んっ♡　やっ、すごい……おま◯こ、火傷する……ちんぽ汁出したばかりなのに……太いままの勃起ちんぽで……熱々のザーメン塗りたくられて……おま〇こ熱過ぎる……」

御手洗さんが熱に浮かされたように言う。

「お、夫として、もっと種を仕込んであげますから……だ、だから……課長もそのまま自分から腰振ってください」

「やだ、私、そんなことしてない……」

京香は心外だと言わんばかりに言った。

「振ってますよ。ほら」

御手洗さんが腰を止める。すると京香の腰だけが動いているのが丸わかりだった。

「…………これは……違っ」

これ以上有無は言わせないとばかりに御手洗さんが腰を叩きつける。

パシンッ！

乾いた音が社の中で響き渡る。

「ひっ、んっ♡」

そのストロークを続ける。

「ひっ、いっ♡　いっいっ♡　いいっ、ひんっ♡」

京香の凛然としたスーツ姿が崩れていく。それはもはや鎧ではなく、雄を昂らせる衣装となっていた。

「だっ、めっ…………これ以上は……欲しくなっちゃう……」

「なにが欲しいんですか？　課長の望むモノならなんでも差し上げます……いつも迷惑ばかりかけてしまってますから……」

「んっ、んっ、んっ、はぁっ、あぁん♡」

真ん丸とした尻肉をリズム良く貫かれながら、京香は心底悔しそうに、そして嘆くように囁いた。

「…………こんな、こんなおま◯こを精子塗れにされたら……欲しくなっちゃう……御手洗さんの極太ちんぽで……妊娠汁、もっと注いでほしくなっちゃう……」

気が付けば僕は呼吸を忘れていた。なにかが五月蠅《うるさ》いと思っていたら自分の心臓の音だった。

よろめくように後ずさる。数歩後退して社の中はもう覗けない。

しかし中からはパンパンと肉同士がぶつかる音と、京香の絹を裂くような喘ぎ声が漏れ聞こえていた。

僕は結局逃げるようにその場を後にした。

祠からも、社からも逃げた。

何一つ立ち向かうことができなかった僕は、嗚咽《おえつ》を漏らしながら這うようにその場を去った。

やがて神社の本殿まで戻ると、脇道の入口付近に孝介君が立っていた。

僕の姿を確認すると、目を真ん丸にして驚いていた。

「あれ、今日も覗きに行ってたんすか。旦那さん真面目そうなのに中々好きものですね。あれですか？　都会でもハプニングバーとか行っちゃってたりするんですか？」

僕は涙を拭きながら無言でその横を通り過ぎようとする。その背中に彼が続けて声を掛けてきた。

「あんまりここに来ちゃダメですよ。本当は俺見張り役に指名されてるから見逃しちゃ不味いんですけどね。まぁ昨日は泥酔しちゃって、今日は遅刻ですけど。一応村の皆には黙っててあげますけど、余所の人が行ったり来たりするのはご法度なんでね」

「……わかってる。もう二度と来ない」

おぼつかない足取りで階段を降りていく。

とにかく悔しくて仕方がなかった。胸が灼けるようだった。

そんな僕に孝介君は後ろから駆け寄り、気さくな様子で肩を抱いてきた。

「ほら、神事も明日で終わりですし、なによりもこんなの単なるごっこ遊びですって。しかもあんなドン臭い兄貴が、お二人の関係に割って入れるわけもないじゃないですか」

彼なりに慰めてくれているらしい。

その気遣いにほんの少し胸が温かくなる。

「……ありがとう。情けない姿を見せた」

僕がお礼を言うと、彼は人懐っこそうな笑顔で言った。

「俺も東京に彼女が居るんすけどね、やっぱりこんな馬鹿みたいな神事に巻き込まれたらムカつきますって」

そう僕の親身に立つように言ってくれた。

僕は足を止めて問う。

「……もし孝介君が僕の立場なら、君ならその若さで止められたのかもしれないね。僕は駄目だ。弱かった。京香が家の立場や、僕との生活を守ろうとしているという姿勢を免罪符にして手を伸ばせなかった……」

僕の本音を前に、孝介君は黙って首を横に振る。

その穏やかな苦笑いはどこか自嘲的でもあった。

彼はその軽薄そうな見た目からは嘘のように真摯に僕と向き合う。

「いや、旦那さんの方が立派ですよ。俺が旦那さんの立場ならきっと社に近づくことすらできませんでした。この村で生まれ育った……特に男はね。み〜んな心のどこかで無花果様を信じてビビってるんですよ。俺もその一人です」

そして祠の方を振り返って、神妙な面持ちのまま言う。

「なにか変なのがいるって感じません？　祠に近づくと足が重くなって、やたらと妙な気配を感じる」

僕は黙って頷くと、彼はニッコリと笑って僕の肩を叩いた。

「ま、さっきも言った通り明日で終わりですし、一度御役目に指定されたら二度目はありませんから」

気休めにしかならない言葉だったが、この村に来て僕の味方は一人もいなかった。

僕はもう一度彼にお礼を言うと神社の階段を降りていった。

途中で振り返ると孝介君がまだ僕を見送っていて、大きく手を振ってくれた。

その手を振り返しながら、僕は社での京香のことを考え続けていた。

第三話　快楽と子種

田んぼの脇に腰を下ろして用水路をじっと見つめていた。都会じゃ中々見られない透明な清流も、今だけは僕の心を洗い流せない。

胸に抱えたスケッチブックは雑多に黒く塗りつぶされていた。時折空に見掛ける鴉の集団だ。他に描くべき風景はいくらでもあるのに、どうしても手につかない。

太陽は容赦なく灼熱を降り注いでいる。雲一つ見当たらない。

日陰に移動しようと腰を上げる。

近くの木陰を見つけてその幹に背中を預けながら、深くため息を吐いた。

結局昨日の夜も、社から帰ってきた京香と碌になにも話せなかった。

全てを知っていると話すべきなのだろうか。しかしそれは僕の自己満足にしかならないような気がする。

そもそも全てを知っていると言える程、僕はなにも知らない。

京香の気持ちさえも。

頭を掻き毟ってその場にしゃがみ込む。すると不意に声が掛かった。

「スランプ？」

京香の声だった。僕は慌てて顔を上げる。

彼女はラフなポロシャツ姿で、涼し気に僕を見下ろしていた。微かに緩んだ頬は楽し気にも見えた。

「……ああ。折角こんな雰囲気の良い自然に囲まれているのにね」

思わず自分の口調にどこか皮肉が混じっていないか不安になった。

「ただなにもないだけよ」

京香は薄く笑いながら僕の隣に腰を下ろした。

気持ちの良い風が吹く。僕らは無言になったが、それを気まずく感じるような付き合いの浅さではない。

それでも例の神事についてお互いなにも触れないのは不自然に思えた。特に僕はあれほど興味を示していたのだ。それをなにも聞いてこないことに、京香は違和感を抱かないのであろうか。

とはいえ、いざそのことを尋ねようとすると喉の奥にヒリつくような熱さと、なにかが粘着して蓋を閉めるような不快さがあった。

臆病者の僕は話題を変えることなく話を続ける。

「京香はここが好きかい？」

なんでそんなことを聞いたのだろうか。自分でもわからない。

京香は風にたなびく髪を優雅に掻き上げながら言った。

「生まれ育った場所だもの。大切には思ってるわ。でも……」

「でも？」

「……今だけは大っ嫌い」

珍しく感情的な物言いをした彼女にドキッとする。

すると間を置くこともなく、彼女は茶目っ気を含んだ口調で続けた。

「だって貴方の新作執筆のなんの手助けにもなっていないようなんだもの。なんの為の田舎なのかしら」

彼女と話していて、こんなにも胸がざわつくのはいつ振りだろうか。交際をお願いした時以来かもしれない。

僕は前を見据えながら、無理矢理口角を持ち上げた。

「酷い言い草だ」

そこから会話が続かない。やはり僕は神事のことで頭が一杯だ。

彼女と彼女の母親を連れて、この村から飛び出したかった。

しかし売れない絵本作家の僕にそんな甲斐性はない。これから作るであろう子どものことを考えると、二人での生活で精一杯だ。自分の経済力のなさに歯噛みする。稼ぎで言えば彼女は僕の倍近くあるし、それでも家事は平等にこなしている。

「時々自分が情けなくなるよ」

僕は素直な気持ちを吐露する。

また風が吹いた。

「そんなことを言われると寂しくなるわ。貴方は私の誇りだもの」

「誇りだなんて。大きく出たね」

「本当にそう思ってるわ。貴方は夢を叶えたじゃない。私はただ言われるがままに勉強して、仕事をしてきただけ。でも貴方は一から自分の世界を作れる。それって凄いことだと思うの」

彼女はきっと職場では冷徹で厳格な上司として通っているのだろうが、こうやって僕を後押しする熱さを持っている。それを知っているのは僕だけだという優越感が胸に広がる。

「だから私は貴方を尊敬してる。貴方が傍にいてくれるから私も頑張れる」

「京香……」

「……最近ね、魚の小骨がずっと喉につっかえてるかんじなの。でもそれだけ。大したことじゃないわ」

彼女はまるで自分に言い聞かせるようにそう言った。

そしてそれは、なにかを察している僕に対しての宣言でもあったのだ。

下らない儀式で他の男と夫婦の模倣をしたところで、僕達の絆がヒビ割れることなど未来永劫ないのだと力強く宣言してくれている。

僕達は言葉にはしないが、心のどこかで繋がっている。わかり合えている。

「君は強いな」

「貴方が傍にいてくれるおかげ。それに最近一つ学んだの。濁流には抗うよりも、身を任せた方が良い結果が出るって」

彼女は僕に対して微笑みを向けた。どこか憂いのある表情だった。不安。罪の意識。そして願望。それらが微かに浮かんでいる。

「そしたらきっと貴方が手を伸ばして助けてくれるって信じてるから」

「その為には僕はどうしたら良いかな？」

僕は遠回しに、今の状況を打開する為の策を聞く。

彼女は少し考え込んでから答えた。

「……私を信じて、待っていてほしい」

そうだ。今の僕にはそれしかできない。

大丈夫。最初から少しばかりも疑ってやしない。ただ僕が右往左往していただけなのだ。

彼女は自分があんな目に遭っても、努めて日常を演じようとしている。そんな彼女の強さが誇らしい。

僕は彼女の手を引いて僕の方に寄せる。肩がぶつかり合った。無言のまま顔を向け合って、木陰の下で唇を重ねた。

外でキスをするなど、こんな大胆なことをしたのは生まれて初めてだ。

京香も驚きを隠せないように、それでも照れ臭そうにはにかんだ。

「誰かに見られてたら田舎なんだから、あっという間に噂が広がるよ。あそこの夫婦はふしだらだって」

愉快気に微笑む。僕は即答した。

「別に構いやしないさ。お互いのことはお互いが一番知ってるんだから」

それは僕なりの宣言だった。あの社の中でどんなことが行われていても、僕にとって京香を思う気持ちはなにも変わらない。そういう意味合いで言った。

「それに……愛しているんだからさ」

「急になによ」

「別に。言いたくなったんだ」

京香は嬉しそうに頬を緩ませながら立ち上がる。

「それじゃ私はそろそろ戻るね。お昼はどうする？」

「勿論一旦戻って食べるよ。でもまたすぐに出掛けると思う。自分で弁当でも作るから夕飯は要らない。帰るのは明日の朝早くで、滞在するのは実質今日が最終日だからね。色々と歩いて見納めしておきたいんだ」

「そう。わかった。なにか良いアイデアが浮かぶと良いわね」

「ああ。ありがとう」

京香には敢《あ》えて言わなかったが、最後にもう一度だけ覗いておきたい場所があった。

そこを避けてこのまま帰ることはできない。

陽が暮れる前に散々山中を歩き回った。山の上から見る村の全景は息を呑む程に美しかった。

僕はそこで早めの夕食を取り、スケッチしてから祠へと向かう。

当然社にはまだ誰も来ていないし、孝介君による見張りも立ってはいなかった。

祠が設置されているという洞穴の前に立つ。

まだ明るい時間だからか、奇怪な雰囲気は感じない。

見上げると鴉の集団が上空で渦巻いていた。まるで僕を見張っているようだ。

僕は意を決して一歩踏み出すと、洞穴の中へと足を踏み入れた。

中は冷房が効いているのかと思うくらいに肌寒かった。人が並んで数人歩ける程に幅は広く、天井も手を伸ばしてギリギリ届くかどうかくらいの高さがある。蝙蝠かなにかがいるのか、やたらとキィキィ鳴き声がする。

洞穴は案外奥行きがないようで、入口近くの突き当たりを右に曲がればすぐに祠へと到着した。

祠はこぢんまりとしており、それでも綺麗に掃除はされていた。

この中に御神体とやらが祀られているのだろう。

僕にはずっと胸に秘めていた怒りがあった。誰にぶつけて良いかわからないそれを、その祠に放ちたくなる。

だからといってこれを破壊したところでなにかが好転するわけではない。

村の人間がこれを崇めるのは、それなりに歴史があったからに違いない。

だから僕はせめてそれを書き写すことにした。

祠の目前に腰を下ろして、スケッチブックに殴り書きでその姿を写していく。

怒りを込めるように、京香の無念を晴らすように、一筆一筆に憤怒を込めた。

こんな行為に一体何の意味があるのかは自分にもわからなかった。

ただそうしなければならないという使命感だけが僕を突き動かしていた。

丸裸にしてやったことで、一矢報いてやりたかったのかもしれない。

ただ好き勝手やられたままで帰りたくなかった。

だからせめて絵本作家としての僕の糧になれと、何の変哲もない祠をスケッチブックに収めた。

不思議と心は軽くなった。

外は陽が暮れていた。

このままだと神主さんが遠くない内に訪れるだろう。

僕は慌てて洞穴を出ようとする。

その時背中に怖気が走った。

背後から直接心臓を鷲掴みにされて足止めを喰らっているかのようだった。

僕は息を止めて胸を押さえると、足を引きずるように洞穴を出た。妙にスケッチブックが重く感じた。まるで鉛のようだ。

こんなものは全て迷信だ。この不快感も気の所為に決まっている。だから今宵京香が演じているであろう御役目も、単なるお遊戯の一つに過ぎないと自分を納得させたかったのだ。

洞穴から出ると丁度こちらに向かってくる足音を感じた。

僕は慌てて入口横の雑木林に姿を隠すと、神主さんの来訪をやり過ごした。

神主さんが洞穴の中へ入っていくのを確認すると僕は早足で帰ろうとする。

そのまま社の横を通りすがろうとした。しかしどうしてもそれができない。

妙な力に引っ張られるのだ。

それに京香に自分なりの決着をつけたことを報告したい気持ちもあったのかもしれない。

結局僕は足音を忍ばせると、社の窓から中を覗き見てしまった。

この村の人間の大抵は頭がいかれている。

あんなアホらしい儀式を未だに続けているなんて神経を疑う。

昨日は馬鹿兄貴の上司の旦那さんにはあんなことを言っているが、俺は正直無花果様など信じてはいない。というか信じる方がどうかしている。

しかし驚くことに、この村では俺のような人間は少数派らしい。年配だけでなく、同世代の人間もどこか信仰心のようなものを持っている。馬鹿兄貴も御多分に洩れず信者の一人というわけだ。

確かに俺も小さい頃は祠に肝試しに行ったりして、なんだか気色の悪い気配を感じたりもした。しかしそんなものは全てガキの頃の話だ。大人の警告を聞いてビビっちまってただけだろう。

今はあんなところ、蜘蛛の巣でも張ってそうで近づきたくもない。

しかし村の人間は祠と社を今でも綺麗に保存している。それでこの村の子宝が恵まれると心から信じている。

実際こんな辺鄙な村なのに、人口はずっと増加傾向にはあるらしい。しかしそんなものは単なる偶然か、他に要因があるに決まっている。断じて無花果様なんておかしな神様のおかげではないはずだ。

そんな馬鹿げたものを皆が信じているこんな村に帰ってきたくはなかった。

しかしどうしても金の無心が必要だった俺は、数年振りに帰郷することとなった。

親の機嫌を取る為に様々な村の雑事も請け負った。盆踊りの準備。そして神事の見張り役。

この村に帰ってきて唯一良かったと思えるのは、あの馬鹿兄貴が神事の御役目に選ばれたという笑い話だろう。

あんなウスノロに抱かれる可哀想な相手は誰かと笑っていたら、これがまたビックリするような上玉だった。

こんな田舎には似つかわしくない洗練された都会の女。それもキャリアウーマン風ときた。兄貴の話によると風ではなく実際に仕事のできる女らしい。

街で見掛けていたらきっと声を掛けていただろうが、ナンパで引っ掛けられるような安いランクの女ではない。見た目通りにお堅い性格をしているらしいので確実に無下《むげ》にされるだろう。

しかし今の俺には手立てがあった。

折角退屈な田舎で退屈な雑事をこなし続けていたのだ。最後に極上の料理をつまみ喰いするくらいは無花果様とやらも許してくれるだろう。

社の中で俺を出迎えた奥さんは驚きの表情を浮かべた。

「何故？　御手洗さんは？」

「俺も御手洗さんです」

「貴方は弟でしょ？」

「元々どっちでも良かったんですよ。御神託による選定は『御手洗家の男子』としか告げられてなかったんでね」

当初はこれ以上面倒くさい雑事を振られたくはなかったので、長男の兄貴に任せていたがそれは失敗だとすぐにわかった。

見張り役なんてつまらない役を押し付けられるわ、こんなイイ女を無条件で抱けるチャンスをふいにしていたのだ。

「代わりに兄貴には今、見張り役をやってもらってます。それくらいならあいつにもできるでしょ」

あの兄貴を言いくるめるなんて赤子の手を捻るようなものだった。

しかし見張り役にされることに対して、珍しく不満を露わにしていた。余程この女の味に執着していたのだろう。

確かにイイ女ではあるが、職場で散々いびられて歪んだ被虐嗜好にでも目覚めてしまったのかもしれない。

ともかく兄貴には退場してもらった。

奥さんは目鼻立ちの整った顔を怪訝そうにしかめる。

「実のお兄さんに随分な言い草ね」

「あれの無能っぷりは奥さんが一番よく知ってるでしょ？」

返す言葉もないのか奥さんは黙り込む。

「いつもウチの兄貴がご迷惑をお掛けしてすいませんね」

そう言いながら彼女のスーツに手を掛ける。

「真夏なのに暑くないんですか？」

白い肌には汗一つ掻いていない。まるで雪女のような美女をこれから蕩けさせると思うとやる気が漲《みなぎ》る。

しかし奥さんは俺の手を振りほどく。

「こんな話は聞いていないわ」

「でも神主さんもなにも言わなかったでしょ？」

社での祈祷はもう終わっている。そして夫役の男が入れ替わっていることになにも言及しなかったということは、代役を黙認したという証左に他ならない。

奥さんは腕を組んで眉間に皺を寄せた。如何にも鉄壁そうな雰囲気が逆にそそる。

俺は挑発交じりに笑った。

「もしかして兄貴の方が良かったですか？」

「そういう話じゃないわ」

即答。

「何度かヤっちゃって情が移ったとか？」

今度は一瞬の間が空く。

「……そんなこと、あるわけないでしょ」

「じゃあ別に誰が相手でも良いでしょ？　少なくとも素人童貞のあいつよりかはスマートにやれる自信がありますけど？」

奥さんの目には軽蔑の色が灯っていた。

彼女の言いたいことは重々承知している。

わざわざこんな神事で男性経験を増やしたくないのが一般的な人情ってもんだ。ただでさえ納得のいかない不条理なのに、とっかえひっかえ相手が代わっては余計に苛つくのも当然の話だろう。

だが俺はそんな事情を敢えて全く気にした素振りも見せずに話を進める。

「これが御役目に選ばれた人間の辛いとこですね」

あくまでお互い神事に振り回されている人間だと強調した。

「私が聞きたいのはどうしてお兄さんじゃなくて貴方に変更になったの、ということ」

「体調不良です」

ニコニコしながら答える。

そして服を脱ぎながら言葉を続けた。

「大切な神事ですからね。百パーセントの力が出せない人間が行うわけにはいかないじゃないですか」

あくまで神事に従事する敬虔な人間を演じる。

奥さんはなにか言いたげだったが、それをぐっと喉元に抑え込んでブラウスのボタンを外していった。

ご立派である。

不平不満の一つも吐き捨てたいところだろうが、取り繕われた建前と理屈を前にしては、黙ってそれに従う。

きっと会社では良い人材に違いない。兄貴も良い上司を持った。

ご立派なのはその心意気だけではなかった。

知的な美貌の下には、思わず生唾を飲み込む程のグラマラスな肢体が隠されていた。スーツを好むのはこのボディラインを隠す為でもあるのかもしれない。

特に目を引くのはその爆乳だ。華奢《きゃしゃ》な肩幅やくびれた腰には不釣り合いな、小さな顔ほどはある釣り鐘型の乳房。とんでもないボリュームである。

手足はあくまで細くてすらりとしているが、太ももはムチムチとした肉感が視覚に訴えかける。

腰つきも良い。子どもをいくらでも産めそうな安産型の臀部は、さぞかし無花果様も満足していることだろう。

濃い紫色の下着は彼女の大人びた雰囲気によく似合っていた。

それらをはだけるとその豊乳に見合った大きさの乳輪がまろび出る。アラサーとは思えない色素の薄い乳首。乳房全体も白く薄く血管が浮いている。

そしてなにより恥じらいを押し隠そうとする、その気丈な表情。伸ばした背筋はこんなことで辱めを受けたりはしないと反抗的な態度にも見える。

俺は改めてイイ女だと思った。今晩で神事が最後だと思うとやり切れない程だ。

しかし嘆いていても仕方がない。どうせならこの身体を楽しみ切ってやろう。

それにしても、この匂いはなんなんだ。

妙に甘い。

ただのアロマかなにかだとは思うが。

ともかく俺も服を脱いで奥さんに対峙する。

まずはそっとその重さを確かめるように乳房を持ち上げる。

ずしりと重く、そして水が詰まっているかのような弾力を有していた。

親指を滑らすように乳首を撫でる。

「……んっ」

小さく吐息を漏らした。どうやら感度が良いらしい。弄《いじ》り甲斐があってワクワクするね。

なにも期待していなかった田舎に、こんな宝石が眠っていたなんて驚きだ。それで好き勝手遊べるんだから俺にも運が回ってきたのかもしれない。

二人とも向かい合って立ったまま視線を交わす。

今まで男に屈服などしたことがないような目つきをしている。社会の中で女の自分を嘆くこともせずに、真正面から立ち向かう強い眼差しを感じた。

知れば知る程にイイ女だ。あの唐変木の兄貴が陶酔《とうすい》するのもわかる。

奥さんは決して自分から腰を下ろそうとはしなかった。

生まれたままの姿で肌を全て晒しながらも、その立ち姿は凛としている。

俺はその威勢に感服しながらも右手で彼女の左乳首をそっと摘まんだ。

「…………っく」

生理的な反応で腰が引けそうになったが、それでも彼女は俺から視線を逸らさなかった。俺の瞳はさぞかし好色が浮かんでいることだろう。俺がどんな建前を並べようが、どういう気持ちで奥さんを抱こうとしているかなんて彼女には筒抜けだ。

それでも彼女は自分が汚《けが》されるなどとは微塵も思っていない。スーツを脱いでも尚、心に纏う鎧は鉄壁のままだ。

こういう堕とし甲斐のある女は久しぶりだ。

いや、今回は時間がない。

堕とさなくても良い。精々愉しませてもらおう。

方針を決めたところで乳首を荒っぽい程に強く摘まむ。

「はぅっ、ん！」

しかし彼女には快楽しか与えない。その程度の加減は弁《わきま》えてる。奥さんは喘ぎながらもその眼差しに警戒の色を強めた。その耳元で囁いた。

「風俗嬢しか相手にしてこなかった兄貴と一緒にしないでくださいね。一晩でそのエロい身体に、たっぷりと女の悦び教え込んでやりますよ」

俺の言葉に彼女は益々嫌悪感と敵対心を露わにする。

「なんならあの真面目そうな旦那さんよりも蕩けさせてやりますよ」

その言葉はどうやら彼女の怒りのラインを超えてしまっていたようだ。いくら乳首をグリグリと摘まんでも、必死に動じまいとして俺を睨みつける。

「御手洗さん家の次男は随分と品がないのね」

怒りの気焔を抑えながらも、そう言う。

「でも兄貴よりは仕事ができますよ。やる気もないから見てて苛つくでしょ、あいつ」

そんな軽口を叩きながらも乳首は押し潰すように抓《つね》る。

奥さんは両腕を胸の下で組んで、首をやや後ろに仰け反りながら答えた。

「少なくとも目上の人間にそんな口は利かないわね」

「お、ちょっとは評価してる部分もあるんですね。部下思いで優しー」

「最低限の常識よ。評価すべき点でもないわ」

どれだけグリグリと乳首をこねても、奥さんの声色や立ち姿に変化は見られない。

この女、手強い。楽しい。

「じゃあやっぱり会社じゃダメダメ社員なんすね。愚兄が迷惑掛けちゃっててすいませんね」

「貴方はそれ以下だと言ってるのだけど？」

旦那さんを引き合いに出されたのが余程ムカついたらしい。

表情からは何の感情も読み取れないが、その奥に燃える憤怒はちょっと腰が引けてしまう程に燃え盛っている。

「こりゃ手厳しいですね」

「貴方のお兄さんとの神事では、勿論抵抗感はあったけれど、ここまで大きな嫌悪感を持つことはなかったわ」

涼し気にそう言う。

「安心してください。その嫌悪感を快感に反転させてあげますから」

「余計なお世話よ。すべきことをしたらさっさと帰りなさい」

「だから今、気持ち良くさせてあげてるんじゃないですか。内股からダラダラと愛液垂らしちゃってる奥さん？」

彼女はお堅い女として微動だにしていなかったが、俺の乳首責めは確かに彼女の身体に火照りを灯らせていたようだ。

透明の粘液がすらりと伸びた太ももを伝って落ちていく。

俺の挑発交じりの言葉に彼女は怯《ひる》むことも恥じらうこともない。

「ただの生理反応よ」

「声出したかったらいくらでも良いっすよ？」

「余計なお世話ね」

突き放すように言いながらも、愛液は止め処なく垂れていく。

「そんな素っ気なくしちゃっても、乳首はもうビンビンですよ」

乳首を摘まんでいた右手で、その爆乳を下から持ち上げるように揉みしだく。少し感動を覚える程の重さだ。そして手に張り付くもち肌が、たぷんたぷんと弾むように手中で揺れる。

俺は少し乳房を持ち上げると顔を近づけて乳頭を口に含んだ。

「……んっ」

「乳首弱いんすか？」

甘噛みしながら上目遣いで問う。

奥さんは俺になど興味がないように真っすぐ正面を見据えながら口を開いた。

「ええ。そうよ」

なんでもないといった様子で即答する。破廉恥な質問だろうと、俺を相手に返答を躊躇《ためら》ってなるものかという気勢を感じた。

「もうぐしょぐしょですもんね」

余っていた左手を陰部に伸ばす。

平均的な濃さの陰毛を掻き分けて陰唇を指でなぞる。既にぬるぬるだ。

「っく……」

彼女はビクンと腰を微かに引いた。どうやら指がクリトリスに当たったらしい。

「ここも弱点っすか？」

勃起し切ったぬるぬるのクリトリスを指の腹でこねくり回す。

「……やっ、ん……」

「完全無欠のキャリアウーマンも案外責める部分は多いっすね」

きっ、と俺を睨む。しかしもう遅い。

俺は乳首を強めに甘噛みすると、同時に左手でクリトリスを摘まむ。

「んっ……あっ……」

接待セックスしか経験のない兄貴とは比較にならないってことを教えてやる。

「膝がガクガクになるまで気持ち良くしてあげますね」

コリコリと乳首を噛み、クニクニとクリトリスを弄る。

「やっあっ……はぁっあっ……」

彼女の肩が前屈みになった。まだまだ。

攻勢を強めると彼女の吐息がより鮮明になる。

「あっ、あぁっ……だめっ、あっ」

堪らないといった様子で俺の両肩にそっと手を置く。

乳首とクリトリスはガチガチに硬くなり切っていた。とりわけクリトリスの方を重点的に責める。

「待って…………待ちなさい……」

「なんスか？」

と言いながらも待つ様子などこれっぽっちも見せない。

ひたすらクリトリスをグリグリと指の腹で押し潰す。

「はぁ、はぁ、はぁ、はぁ……」

「息苦しそうですね。大丈夫っすか？」

「……っく」

もはや悪態をつく余裕もなくなってきた。

頃合いかと一気に絶頂へと持っていく。

「こんな前戯、旦那さんもしてくれないでしょ？」

絶頂の瞬間に怒りも与えてやる。こういう女は屈辱の中でイかしてやるのが面白いのだ。

「くっ……うぅ……」

ほら、我慢する。

予想通りの反応にクスクス笑いながらも、より乳首を強く噛んだ。

「あっいっ……っくぅ……♡」

ビクビクと肩を震わせる。しかしこんなものじゃ済まさない。

「もっともっと良くしてやるからな」

乳首から顔を離す。右手は臀部に回して尻肉を鷲掴みにした。しっかりした腰つきにたっぷりとした臀部の柔肉。バンバン丈夫な赤ちゃんを産めそうだ。無花果様とやらが実在するなら、この女を選んだのはお目が高い。

まだハァハァと声を荒らげている中、指を膣内に挿入する。もうびっしょり濡れていたので一切の抵抗なくぬるりと入る。

一瞬でGスポットを発見。挿入した中指を膣内で曲げ、やたらとザラザラしている部分を指の腹で擦る。

「ちょっ、待って……」

「だーめ」

くちゅくちゅくちゅくちゅ。

「あっ、あっ、あっ、あっ、あっ、あっ！」

俺の両肩に乗せられた彼女の手が強張る。そして頭を前に垂れさせた。

「イっ、イってる、から……まだ、イってる……」

必死にそう訴えかけるも、俺は軽い口調で返す。

「知ってますよ。だから？」

くちゅくちゅくちゅ。

「あっ、あっ、あっ……だめっだめっ……ああぁっ！！！」

奥さんは立ったまま、びゅっ、びゅっと潮を噴いた。膝がガクガクと揺れたかと思えば、腰が砕けるようにその場に跪いた。

丁度俺の腰の高さに顔がある奥さんは、肩を上下させて呼吸を乱していた。

そんな彼女に俺の腰を見せつけるように押し出す。

突き付けられた肉槍を視界に捉えると、奥さんは乱していた息を一瞬呑んだ。

「どうっすか？　中々勇ましいでしょ？」

フックのように反り返った肉竿。筋肉の塊であることを主張するような質感と青筋。大胆に張ったエラ。我ながら絶好調である。といってもこんなご馳走を前にしては当然の勃起具合といえる。

「兄貴に引けを取らないでしょ？」

中学の頃だったか、兄貴はちんこがデカイと同級生に苛《いじ》められていたという話を聞く。勿論今はどうだか知らないが、デカイのはデカイのだろう。

「流石に兄弟だから似通った部分はあったみたいですね？」

奥さんは馬鹿馬鹿しいと言いたげに顔を逸らした。

その顎を掴んで前を向けさせる。

「ほらほら。今は俺が夫役なんですよ？　夫の大事な逸物なんだから愛でてあげないと」

奥さんは躊躇っていたが、あっさりとイかされたことに対する意趣返しか、それとも神事を滞りなく進行する為か。ともかく顔を亀頭に近づけた。

彼女の唇が我慢汁を垂らす鈴口に触れようとした時、俺はある視線に気付いた。

社の窓から旦那さんが覗いている。

俺は思わず笑いだしそうになった。

金を借りに来ただけの退屈な田舎で、こんな面白そうな余興に巡り合えるとは。

あれだけ警告してやったのに懲りない人だ。

奥さんもなんだかんだでもう二晩も兄貴と過ごしているのだ。どことなく、もうどうにでもなれといった雰囲気を醸し出している。

折角なのでたっぷりと見せつけてやろう。仮初《かりそめ》とはいえ、今は俺達が夫婦なのだ。何故だ。どういうわけか孝介君が御役目を務めている。

考えてもわかるはずがない。

一つだけ確信が持てるのは、京香が大人しく従っているということだ。それはつまりこの状況に何の不備もないということ。

ハプニングかなにかで御手洗さんが今晩出席できなくなって、代理として弟の彼が御役目を務めているということだろうか。

ともかく目の前で愛妻が、また別の男と肌を重ねていたのである。

ショックを受ける自分をよそに、カウパー分泌液が滲んでいる亀頭に、京香はそっと口をつけた。

孝介君はそんな彼女の頭を優しく撫でながら笑う。

「随分とお行儀良いっすね。誓いのキスっすか?」

京香はフェラチオをする時、まずは亀頭に軽くキスをする癖がある。それを味わいつつも軽口を叩く孝介君に、眩《くら》むほどに嫉妬した。

それでも僕は相変わらず窓から覗き見ることしかできない。

最初の頃こそ無力感と敗北感で胸が一杯で、手を出さないのは京香の覚悟を無駄にしたくないという気持ちがあったからだ。

しかし今ではどういうわけか、妙な引力で引き寄せられている。勿論胸は不快感で満たされているが、同時に下腹部を熱くさせるなにかがあった。

僕は勃起していた。それが情けなくて仕方なかった。自分に怒りすら覚える。京香の恥辱を思えば憤慨すべき反応だ。

それでも僕はなにかに背を押されるように、ファスナーを開けて陰茎を取り出すと、それを握って扱きだした。

一体自分はなにをしている。湧き上がる困惑と怒り。しかしどうしても手は止められなかった。まるで何者かに操られているかのようだ。思わず僕は洞穴の方に目をやりたかったが、怖くてそれはできない。

洞穴から大きな目が僕を覗き込んでいるかのように思えたから。

京香の唇がちゅっ、ちゅっ、と亀頭を啄《ついば》むと、舌で裏筋やカリの裏を何度も丁寧に舐めた。

「すげえ仕事が丁寧っすね。流石はバリキャリウーマン」

孝介君の愉快気な口調が一々腹立たしい。しかしそれは同時に僕の摩擦をより強める燃料ともなった。

京香は渋面で無言の奉仕を続ける。そしてついには咥えた。

「あぁ……良いっすわ。奥さんの口の中。あったけぇ」

孝介君が感嘆の声を漏らすと同時に、京香は首を振って唇で陰茎を扱く。

ちゅっく、ちゅっく、ちゅっく、ちゅっく。

京香の薄い唇が他の男の男根の上を滑っている。年下の如何にも軽薄そうな男を口で奉仕している。

胸を掻き毟りたくなった。しかしそれよりも自慰を優先した。嫉妬している暇はない。洞穴の方からそんな声が聞こえた気がした。

京香は孝介君の膝に両手を置いて、口だけでちゅぱちゅぱと音を鳴らして首を前後させる。

その度に凶悪なフォルムをした陰茎が、益々猛々しさを増していった。

孝介君の身体はだらしがなかった中年太りの御手洗さんとは違い、薄く腹筋も割れて締まっていた。

そんな男に奉仕するグラマラスで美人な京香はとても絵になっている。

「歯も当てないし、舌も絡ませてくるし、百点満点のフェラですよ奥さん」

どこか小馬鹿にしたように褒める孝介君に、京香は苛立ちを隠せないように口を一旦離した。

その際に唇と亀頭に唾液の橋が架かったのが、僕の胸を締め付ける。

「……あまり五月蠅いと、もうこれ以上はしないわよ」

京香は怒っていた。御手洗さん相手だと不快と嫌悪を露わにしていたが、そこには諦観があるだけで怒気は感じられなかった。

京香がそういう雰囲気を露わにするのは珍しい。その理由はすぐにわかった。

「旦那さんも果報者ですね。こんなフェラチオ上手い奥さんがいて」

京香の不満が一気に燃え上がる。どうも僕を話に絡められると腹立たしくて仕方がないようだった。

京香のその気持ちは僕にとって非常に喜ばしいものだった。しかしその歓喜が自慰をより激しくさせてしまっていた。

「ほらほら。もうちょっとだからしゃぶって」

頭をぐっと強引に寄せると再び咥えさせた。

京香も渋々といった様子でフェラチオを再開させる。

ちゅぽっ、ちゅぽっ、ちゅぽっ、ちゅぽっ。

「フェラチオは誰に教えられたんすか？」

京香は無言で口淫を続ける。

「あ、教えてくれないんだ。じゃあこうしちゃおっかな」

孝介君は両手で京香の側頭部をがっちりと掴むと、自ら腰を振った。

じゅぽっ、じゅぽっ、じゅぽっ、じゅぽっ！

「んっ……んんっ……くっ……ふぅ……」

京香は苦悶の声を上げるが、孝介君はヘラヘラと笑いながら腰を振る。

「そんな奥まで突いてないでしょ。てか奥さん。イラマチオも結構慣れてません？もしかして経験済み？」

じゅっぽ、じゅっぽ、じゅっぽ、じゅっぽ！

唇が性器に見立てられて、男根を抜き差しされる。派手な水音が鳴り、唇からは唾液が漏れていた。

孝介君が一旦ピストンを中断する。

「もしかして旦那さん？　違うよな。そんなことするような人には見えないし」

そういった類の質問には口を閉じていた京香だったが、俺が粗暴な人間だと思われたくなかったのか、咥えたまま首を横に振った。

「じゃあ元彼？」

その質問に、京香は何拍かの間を置いてから、小さく頷いた。

「へぇ。元彼にイラマチオを仕込まれてたんだ～。課長さんエッロ」

面白おかし気に言いながらピストンを再開する。

じゅぽっじゅぽっじゅぽっじゅぽっ！

それはもはや完全なる性交だった。唇は膣口のように陰茎を包み込み、そして貫かれていた。

僕はそんなプレイを京香にしようなどと頭によぎったことすらなかった。そして過去の男性経験も全く知らなかった。

嫉妬が陰茎を扱くスピードを速める。

「それじゃあ……元彼に仕込まれたイラマチオでイきますね。久しぶりでしょ？」

じゅるっ、じゅるっ、じゅるっ、じゅるっ！

腰使いが激しくなる。

京香は苦しいのか孝介君の膝を必死に掴んでいた。

「ああっ、出る！」

腰がピタッと止まる。

陰茎が七割ほど京香の口腔《こうこう》内を貫いていた。残りの覗き見える三割の肉竿が、ビクビクと震えている。

「んんっ！　んぐっ、ふぅっ！」

「あ〜……この口マ○コすげえ具合良いわ。ビュルビュル出る」

「ぐっ……く……」

京香は無理矢理咥えさせられたまま、孝介君を睨みつけるように見上げる。

しかしそんな視線も受け流すように彼は笑った。

「ちゃんとそのまま飲み干せよ」

彼の両手は京香の側頭部をがっちりとホールドしている。口を離すことができないと悟った京香は言われた通りにするしかなかった。

口の中を陰茎で貫かれたまま、彼女は喉奥に放出されたであろう精液を飲み干していく。

男根を咥えたまま、ごくり、ごくりと喉を鳴らしていった。

「オッケー。それじゃそのままお掃除フェラよろしく」

京香は孝介君の肘を突き飛ばすように口を離した。

口元を手で拭いながら彼を睨みつける。

「そんなことまでする義務はないわ」

「あ、まだそんな反抗的なこと言っちゃいます？　イラマチオで抜かれた男に大した気の強さっすね。でもホラ、神事の為に勃起は完璧にしてもらわないと」

孝介君の陰茎は射精直後というのに、まだ十分に勃起していると言える状態ではあった。その角度はほぼ水平。

しかし確かに彼のそれが十全の状態だと、ヘソにつきそうな程に反り返っているのは確かだった。

京香は小さく舌打ちをした。京香の舌打ちを初めて聞いた。

陰茎に付着した精液を舌で舐め取っていく。

「そうそう。やっぱ仕事が丁寧っすね。超気持ち良いっすわ」

その言葉に偽りはないようで、陰茎はぐんぐんと仰角を上げていく。

やがてビキビキと音を鳴らして角のような角度を取り戻した。

「お疲れっす。それじゃ前戯も済ませたところで、早速御役目を果たしちゃいましょうか」

そう言うと彼もその場に膝をついて、京香と向かい合って腰を下ろす。

無言のまま京香の顎を取り、そして顔を近づけていく。

しかし京香は強く顔を振ってキスを拒絶した。

「ちょっとちょっと。夫婦なんだからキスくらいするでしょ」

「……それは絶対に拒否するわ」

「もしかして兄貴ともしてない」

「当然よ」

そう即答してから、彼女は引き締めた顔つきで言う。

「キスは愛する人としかしない。御役目であろうがなんであろうが、そこだけは譲れないわ」

「……へぇ。そんな臭いこと真顔で言っちゃって。格好良いじゃん」

僕は今日の昼間、京香と交わしたキスを思い出した。

彼女が愛おしくて堪らない。

僕の右手はいつの間にか我慢汁でベトベトになっていた。

京香のことを思いながら必死に自分を慰める。

「……京香っ…………京香っ！」

その影響か、それとも孝介君に対抗してか、僕の陰茎もまだまだ硬度を失ってはいなかった。

「まぁ、とにかくそれじゃあお互い準備万端っつうことで」

しかし孝介君の雄々しさは僕の比ではなかった。天を突くようにそそり立つ男根を揺らしながら、京香を仰向けに寝させる。

いよいよセックスの態勢に入る京香は眉間に皺を寄せて下唇を噛み、嫌々といった雰囲気を露骨に表していた。

それでも孝介君を相手に股を開かなければならない。

本来ならば愛し合うはずの僕はそれを黙って見つめる。

孝介君が開いた股の間に正座のような格好で座る。

「当然だけど、コンドームを着けてくれるようなマナーは貴方に期待してはいけないのよね？」

皮肉を交えて京香がそう言う。

「子作りの神事なんだから当然でしょ」

「そんな建前、微塵も気にしていない癖に」

「正解。ただ奥さんみたいなグラビアアイドル顔負けの爆乳バリキャリと生中出しエッチできるのが超ラッキーってだけ」

京香は孝介君を小馬鹿にするよう鼻を鳴らして顔を横に向けた。その所作には、『好きにやればいい。でもこちらとしては貴方に全く興味がない』と言わんばかりの敵対心で溢れている。

「まさか危険日じゃないっすよね？」

「心配しなくていいわ。貴方のような男の子種を受け取るつもりなんてこれっぽっちもないから。もし仮にそうなら、舌を噛み切ってでも抵抗するわ」

「出会って間もないのに随分と嫌われちゃいましたね」

ニヤニヤと笑いながら孝介君が腰を押し進める。

膣口に亀頭を添える時だけ右手を使い、その後は京香の両膝に両手を置いた。そしてぬるりと腰を密着させる。

「あっ……ん」

「奥さんの中、すげえぬるぬる。そんな俺のこと待ち遠しかった？」

「……馬鹿言わないで」

「それにイソギンチャクみてー。やっぱ仕事のできる女は名器だな。これ兄貴も速攻イっちゃったんじゃね？　あ、旦那さんもそうなのかな？」

京香は僕を侮辱するようなことを言われると、その鉄壁の表情を怒りで灯らせる。

そして横を向けていた顔を正面切って孝介君を睨みつけた。

その瞬間を狙って孝介君は腰を前後させる。

にゅるっ、にゅるっ。

過剰に反り返った肉竿と大きく張ったエラが、膣壁を擦って独特の摩擦音を鳴らす。

「んっ……んっ……んっ……」

「声我慢しなくて良いっすよ。愛しの旦那さんも見ていないんだし」

昨日、僕に優しく声を掛けてくれた孝介君はまるで別人のようだった。おそらくこっちが本性なのだろう。しかし皮肉にもその嫌味は僕を滾らせた。

京香は彼を睨みながら口を開く。

「……貴方、なんかに…………聞かせる声はないわ……っ」

「そう言わずに二人で楽しみましょうよ」

孝介君の腰使いは明らかに御手洗さんのそれより流麗で手馴れていた。滑らかな前後運動。時折つける緩急に、挿入の角度も変化をつけているのが見て取れる。

「……ふぅっう……やっあぁ……」

微かに漏れる吐息ではあったが、明らかに京香のそれは徐々に艶やかさを増していった。

「どうっすか？　兄貴と全然違うでしょ？」

京香は浅い息遣いの中、呆れた様子を演じるように言った。

「……黙って、できないのかしら」

頑なに険悪な空気を崩さない京香。そんな彼女が不意に甘い声を上げる。

「あんっ！」

「おっと弱点発見。奥さんここが好きなんだね」

孝介君はぐいっと腰を押し付ける。京香の裏腿が持ち上がり、足の裏が天井を向いた。

「やっ、あっ」

「一番奥、グリグリされるの好き？」

その質問の真偽を確かめるように、彼は腰をぐいぐいと押し付ける。

「あっ、あっ♡　だめっ、そこっ……」

「はい正解～」

孝介君はピストンではなく、結合部を密着させたまま腰を圧迫させる。京香の膣内では陰茎が根本まで挿入され、亀頭が子宮口を押し開くように突いていることだろう。

「……待……って」

京香の眉が八の字に垂れる。

「キスさせてくれたらやめてあげますよ」

京香は無言で再び表情を険しくして、横を向いたことで回答とした。

「じゃあこのまま奥さんのこと可愛がってあげますね」

腰の前後は最小限に、長さだけなら御手洗さんよりも優れる肉槍で京香を貫く。

「やっ、あっあっ……あぁぁっ、はぁっ♡」

怒りを込めた表情もすぐに蕩ける。喉を反り返らせて口を半開きにさせた。

「……それっ、だめぇ……」

孝介君の腰は小刻みに京香をいたぶる。

「あっ、あっ、あっ、あっ、あっ、あっ、あっ♡」

孝介君は右手で揺れる豊乳を鷲掴みにし、左手の平を京香の右頬に添えて、親指で唇を軽く撫でた。

「奥さんの中で俺のがどうなってる？」

「いっ、やっ……あっあっ……聞か、ないで……」

強情な姿勢を見せる京香を打ち崩そうと、孝介君はより深く肉槍を突き刺す為に腰をぐいっと押し込んだ。

「あぁぁぁっ♡」

京香の背中が跳ねるように反った。

「ほら、どうなってるか言ってみ」

「……も、持ち上げられてる……」

「なにを？」

「……し、子宮……」

「なにで？」

「…………………おちん、ちん……」

孝介君は左手の親指で唇をなぞりながら優しく言った。

「ちゃんと言ってみな」

しかし京香は最後の城壁で踏みとどまる。なにもかも言いなりになって堪るかと意地を見せる。

しかし孝介君がまた深く肉槍を挿すと、先程よりも背中を反り返らせた。

「んんんっ♡」

「ほら、どうなってんの？」

孝介君が腰を引くと、京香も力なく背中を着地させる。

ハァハァと息苦しそうにしながら、京香はどこかぼうっとするように言った。

「……孝介君の、おちんちんで……子宮持ち上げられてる……」

「ちゃんと言えたね。えらいえらい」

僕は驚いた。あの京香がまるで手玉に取られている。

「奥さん、ここも好きでしょ？」

孝介君は先程とは打って変わって腰を引いて、浅いところを擦るように腰を振る。

「あっあっあっあっあっ♡」

角度をつけて、亀頭とエラで突き上げては擦るような浅いピストン。

「あっいっ、そこ、も、だめっ……」

「さっき手マンで潮噴いちゃったもんね」

「……っく」

京香はここに至って、彼に弄ばれてなるものかと歯を食いしばる。

「今度は俺のちんこで噴かせてあげるね」

「いっ、いや……」

京香の声に焦燥感が混じる。

「やっ、やっ♡　あっあっ、ちょっとっ！　そこばかり、擦らないで……っ」

「聞こえないよ？」

「あっあっあっ♡　だ、だから……浅いところ、おちんぽでシコシコしないでっ♡」

「なんで？」

孝介君の腰はクイッ、クイッと小さく、そして速く往復する。

「で、出る……なにか、出ちゃう……あっあっあっ♡　出るっ、出るっ……あああっ♡」

京香が一際大きな声を上げると、孝介君が腰を引いて結合を解いた。

肉壺による拘束から解かれた反動で、物々しい男根が跳ね上がってベチンと音を立てて孝介君の腹を叩いた。

同時に京香の陰部から透明の小水めいたものが、びゅっびゅと噴出される。

「やっ、やっ……見ないで……」

「潮噴きならさっきもしたじゃん」

クスクス笑う孝介君に対して、京香は悔しさを滲ませながら言う。

「…………ちんぽで潮噴きさせられたのは初めてなのっ！」

「へぇ。じゃあ俺が初めてもらっちゃったんだ。じゃあもっかいしちゃおっか」

「……え？　ちょ、ちょっと待って……」

手際よく再び挿入する。

「あぁぁんっ♡」

京香は潮噴きの時点で達していた。そしてまたビクンと全身を震わせる。

孝介君は同じように浅いところをピストンし続ける。

「あんっ、あんっ、あんっ、あんっ♡」

「奥さんの中、すっごくトロトロで熱くなってるよ」

「やっ、あっあっ……イクッ、イクッ♡　そこっ、そんなにおちんぽされたら、またすぐイっちゃう……出ちゃう、出ちゃう……ちんぽで潮噴いちゃうからぁっ♡」

さっきの映像を巻き戻したかのように、同じ光景が目の前で広がる。

孝介君が勢い良く結合を解く。

京香は背中を反らせて浮かせると、腰を膝をガクガクさせながら、びゅっびゅと潮を噴いた。

京香は全身をビクビクと小刻みに痙攣させていた。潮を噴き続ける陰唇はパックリと口を開き、淫らにヒクついていた。

そんな彼女の上の口に、左手の親指をそっと入れ込む。

「舐めて」

熟達した技量で続けて達せられた彼女は、ぼんやりとした表情で親指をしゃぶった。

それくらいなら、と抵抗のハードルを下げられたのだろう。

「そろそろ浅いところも飽きてきたっしょ？　奥さんの一番好きなところに硬いのあげるね」

そう言いながらも孝介君は挿入すると、ゆっくり押し込むように彼女の一番奥を挿す。

「あぁあっ♡」

京香は身を捩《よじ》りながら悶えた。

孝介君はしゃぶらせていた親指を離す。彼女の唾液塗れの親指。それを彼女の前で舐めてみせた。彼女はどこかうっとりとした視線でそれを眺めていた。

「こっちのが好き？」

問われると京香はその目元に反抗の気概を見せつける。

しかし孝介君がぐいっと腰を押し込むと、それも熟されたマシュマロのように溶けてしまう。

「あぁっ♡」

根本まで結合したまま、ぐっ、ぐっ、ぐっ、と連続で押し込む。

「あんっ♡　あんっ♡　あんっ♡」

孝介君は上体を倒し、上半身をほぼ京香と密着させた。両肘を彼女の顔の真横について、鼻と鼻がぶつかりそうな距離まで近づける。

無言で見つめ合ったまま、孝介君は腰を優しく、そして定期的に押し込んでいく。

「あっ……あぁ♡　はっ、あぁんっ♡」

京香の喘ぎ声から苦悶の色が取れ、ただただ心地よさだけが零れ落ちる。

「気持ち良い？」

孝介君が囁きかける。

京香は………口惜しそうに小さく頷いた。

京香は身も心もくったりと溶かされていく。

「ね？　初めてフェラチオしたのっていつ？」

「あっ、あっ、あっ♡」

どんどんと嬌声に甘みを帯びていく京香は、そんな下衆《げす》な勘繰りにも防壁が働かない程に良いようにやられていた。

しばらく喘いだ後、京香は呟くように言った。

「……こ、高校の時……」

「付き合ってた人？」

「……………当たり前でしょ……」

「どんな人だった？」

孝介君は質問しながらも腰は止めない。

「やっ、あっ、そこっ、深い♡」

京香も耳が甘ったるくなる程の声を上げながら答える。

「……と、年上の人…………大学生だった……」

「初めてはどこでしたの？」

「……彼の部屋」

「フェラも？」

「んっ、んっ♡」

京香は小さく顎を引いた。

「丁寧に教えられちゃった？」

「……すごく注文が細かい人だったわ……」

「へぇ、どんな風に？」

「はぁっ、はっ……んっ…………まず最初は亀頭にキスをしろだとか、射精後も丁寧に舌で掃除しろだとか」

僕は愕然とした。京香がいつもするフェラチオの前の亀頭キスは、その時の名残だったのだ。

勿論彼女としては悪気どころか、それが男を悦ばす最善の手だと僕に心から奉仕してくれていたのだろう。

それでもそんな過去を聞いてしまうと心の中で靄《もや》が揺れる。

「今までちんこしゃぶったのはそれだけ？」

「……後は、大学の時に付き合ってた人……」

「へぇ、どんな人なの」

雑談を交わしながらのセックスで、二人の距離感がどんどんと縮まっていくのがわかってしまう。僕は胸を押さえた。

「んっ……んっ……んっ……少し粗暴な人だったわ」

京香も彼の質問に答えることが普通になってしまっている。

肌を押し付け合い、性器を擦り合わせながら、どうして言葉を交わすことを拒絶するのだというのだろう。

二人は既に汗だくになっていて、その汗を混ぜ合うようにお互い身体を揺すり合っていた。

「じゃあイラマチオはその人だ？」

京香は黙って目を瞑る。しかし喧々とした雰囲気はなく、ただ無言で肯定しただけに過ぎない。

「嫌がる女も多いのに、奥さんは甲斐甲斐しいんだな。ちょっと怖そうな美人なのに」

「……私だって、好きでしていたわけじゃ……」

「でもしたいって言われて素直にしてあげてたんでしょ？」

京香はムっとしながら視線を横に逃がした。

「どんな風にしてたん？　さっきのより激しかった？」

「……昔のことだからそんなに覚えていないわ……ただ……」

「ただ？」

「……いきなり部屋に呼び出されたと思ったら、玄関先でされたりとか」

僕は貧血を起こしそうになる。

あの知的で凛とした京香が、男の部屋に呼び出されてシャワーも浴びさせられずに玄関先でイラマチオをされていた。あの薄い唇を性処理の為だけに使われていたというのだ。

そしてなによりその思い出が未だ彼女の心に巣くっているということ自体に僕はヤ

キモキとした。

「お堅い課長に見えて、結構色んな経験してきたんじゃん」

孝介君はそう笑うと、腰の押し付け方を強めた。

「やっ、あぁっ♡　あっあっあっ♡　それっ、いいっ、いっいっ♡」

京香は快楽に耐え切れないといった様子で、瞼をぎゅっと閉じた。

そのタイミングを見計らって、孝介君はまず京香の両手を布団に押し付けるように握った。

そしてゆっくり顔を近づけると、彼女の唇を奪ったのだ。

京香は驚いて目を見開いた。しかしもう遅い。くったりと弛緩した心と身体は、もう抵抗する余力がなかった。

押し返す手も封じられた京香は、すぐに瞼がとろんと落ちる。そんなにも孝介君とのキスが心地よいというのだろうか。

延々と愛撫された陰唇のように、その唇はほぐされていた。孝介君の舌が難なく侵入する。

京香の両手が抵抗の意志を示すように多少ばたついたが、大した力も入らないようで振りほどくには程遠いように見えた。

孝介君が腰を振る度ににゅるにゅると摩擦音が鳴り、それと同時に舌と舌が絡むようなくちゅくちゅとした水音も聞こえだす。

京香の眼差しは貞操の矜持を失わないように必死に抗っていた。しかしどんどんと落ちていく瞼がそのプライドも覆い隠していく。

やがて京香は目を閉じた。

舌を吸い合う音が明確に聞こえ始める。

僕は絶望した。

なのに陰茎を扱く手は止まらないし、京香に対する愛は燃え上がるばかりだった。

二人は性器も、そして唇も深いキスをしている。

孝介君の腰の動きに合わせて鼻から甘い吐息が漏れ、唇で塞がれた口からはくぐもった嬌声が漏れていた。

「んっ……んん……くっ……ふぅ……」

二人の身体が益々求め合っていく。僕は見ていられないという気持ちと、目を離せないという気持ちがせめぎ合った。

孝介君の腰は根本まで挿入するように結合部を密着し、円を描くようにグリグリと押し込まれる。

すると京香の両脚が、彼を抱擁するような動きを見せた。爪先をピンと伸ばして、それを彼の腰の後ろで交差させたのだ。

くちゅくちゅ。

ちゅくちゅく。

上下の口、どちらから漏れているのかわからない卑猥《ひわい》な音。

やがて孝介君が布団に押し付けるように握っていた京香の両手が、握り返すように指を折り曲げた。

僕は嫉妬で益々勃起した。

孝介君がトン、トン、と腰を振る。

京香はいじらしい声を上げながら、孝介君の両手をぎゅっと握った。それに伴い背中で交差していた爪先にも力が籠もっていた。

「んっ♡　んっ♡」

ピストンはそこで中断される。

必然的に舌が絡み合う音だけが僕の耳に届く。

自分の鼓動の音も五月蝿かったが、きっと二人も心臓をバクバクと鳴らしては、押し付け合った胸でその響きを共鳴させているのだと思うと居ても立ってもいられなくなる。

くちゅくちゅ、くちゅくちゅ。

指を絡めて、舌を絡めて、陰茎は根本まで包み込んで、両脚で腰を抱いて、そんな優しいセックスの時間が続く。

京香は何度となく彼の背中をさするように脚を動かしていた。

やがて孝介君が口を離すと二人の舌に太い唾液の糸が繋がった。

「俺ってキス上手いっしょ?」

京香はいまいましそうに口を閉じると視線を横に逸らす。しかし眉根の下がった表情は、初めて唇を奪われた少女のような愛らしさも漂わせる。

「もっと気持ち良くしてやるからな」

再び孝介君が顔を寄せていく。

すると京香は自ら目を閉じ、そして唇を再び受け入れた。

最初から舌を絡め合う濃厚なキス。

孝介君は両手を離した。しかし京香は彼を突き飛ばしたりはしない。

その両腕を彼の首に回して抱き寄せたのだ。

二人は上から下まで全てが繋がっていた。

抱きしめ合い、まるで本当に愛し合っているかのような交接だった。

京香が僕の手から離れていくような気がした。

思わず涙が滲む。

しかし扱く手は止められない。

「俺も気持ち良くなっていい？」

舌を絡める合間に孝介君が囁く。きっとその吐息は京香の鼻腔や口腔に直接吹きかけられていただろう。

京香は黙って頷いた。

孝介君が今までのような奥に押し込むような動きではなく、ぱんぱんぱんと音が鳴るようなストロークを見せる。

「あっ、あっ、あっ、あっ、あっ♡」

京香は両手両脚で彼をがっちりと拘束するように抱擁しながら、一際甲高い声で喘いでみせた。

「いっ、いいいっ♡　いっいっ、あっあっあんっ♡　奥っ、奥に来るっ♡」

「奥好きなんだろ？」

京香はその返答に一瞬躊躇った。

くちゅ♥
ちゅぷ♥
くちゅ♥
ぢゅぷ♥

しかし孝介君を抱きしめる四肢に更にぎゅっと力を込め、恥ずかしそうに言った。

「…………好き……奥に来るちんぽ好き……」

「俺以外でここまで届いた奴いる？」

京香は黙って小さく首を横に振った。

「奥さんの言葉でちゃんと聞かせてみ？」

がしがしとピストンする孝介君。すればする程、京香は強く彼を抱きとめた。

「あんっ、あんっ、あんっ、あんっ♡」

そして抑え切れない情欲を口にする。

「……こんなおちんちん、初めて………今まで一番奥に来る……あっあっ♡」

孝介君は痛快そうにくつくつと笑った。

「旦那さんよりも？」

京香はもう怒りを表現することが叶わなかった。それでも僕のことを比較に出されて、黙ってはいられないという誇りだけは絞り出した。

「……夫のことは、言わないで……お願い」

その切実な嘆願は、僕に涙を流させるに十分だった。

「へいへい。じゃあ一緒にイこうな」

その言葉に京香は殊更《ことさら》彼を両手脚で抱擁する。まるで落下するなにかから落ちないように掴まる仕草に見えた。

孝介君のピストンが激しくなる。

「あっあっあっあっあっあっあっあっ♡」

「出すよ、奥さん」

「やっあっ♡　中っ、中はやめて……あっいっ♡　イクッ、イクッ♡　きもちっ♡」

「神事なんだからだーめ。しっかり中に注いでやるからな」

「あっあっ、そんなっ、あっい♡　いいっ、イク♡　おっきぃ♡　あっあっ、ちんぽ来るっ♡　奥来るっ♡　あっあっあっ、イクイクイクッ♡　イックッ♡♡♡」

二人の身体が同時にビクンと震えた。

僕も時を同じくして絶頂する。

京香はしがみつくように孝介君を抱きしめ、孝介君はそんな京香の舌を吸っていた。

今までで一番奥に来るという男根で、最も深い場所で精液を注がれながら、僕の妻は全身を心地よさそうにヒクつかせていた。

「奥さんのまだ子ども作ったことのないピンク色のま○こ、俺のザーメンで真っ白に染めてってるのがわかる？」

舌を吸いながらたずねる孝介君は得意気だ。

「んっ♡　んんっ♡」

京香はそれを快楽に身悶えしながらも、皮肉めいた口調で返す。

「……兄弟揃って、余計な元気は有り余ってるのね」

「おいおい。俺をあんな無能と一緒にするなよ。まだまだこれから溢れかえるくらいに注ぎ込んでやるぜ」

孝介君はそう言うと、上半身を起こして両腕で京香の膝裏を抱え込んだ。京香の臀部が浮く。僕からは彼女の肛門まで丸見えになった。

結合部からは既に白濁した粘液が溢れてきていたが、孝介君の肉槍はその勇ましさをいささかも失っていない。

腰を振り下ろすように叩きつける。

「あぁっん♡」

そのまま上下にピストンすると、潤滑油となった精液がぐじゅぐじゅと淫らな水音を立てた。

「あっ、あっ、あっ、あっ、あっ♡　どうしてっ、まだっ、あっ、こんな、硬いっ♡」

「こんな上物、一発や二発で満足してたら男が廃るでしょうよ」

京香は首を持ち上げて、驚愕と感嘆の声を上げた。

「あっいっ♡　いっいっいっ♡　おっきっ♡　ちんぽっ、ガチガチのまま……♡」

荒々しいセックスに、孝介君の口調も興が乗る。

「どうだよっ！　旦那じゃこうはいかないだろ？」

京香は下唇をきゅっと噛み、鋭い目つきで孝介君を睨んだ。

しかしそんな態度も肴《さかな》にするように彼はくつくつと笑いながら腰を振る。

ぐじゅっ、じゅっぽ、ぐじゅっ、じゅっぽ！

一度膣内射精された結合部は、卑猥極まりない粘り気のある摩擦音を奏でる。

京香は必死に喧嘩腰の目つきを続けていたが、やがてそれも若々しいピストンに打ち砕かれる。

「……っく……」

悔しそうに呟くと、目を閉じて大きく口を開いた。

「あんっ、あんっ、あんっ、あんっ♡」

「おら、どうなのか言ってみろ」

「…………い、のよ……」

「あ？」

京香は布団を握りしめる。激しく乱れた皺は、彼女の敗北感の表れだろう。

「……孝介君の勃起ちんぽ……芯が硬くて……突かれる度に頭の奥まで痺れるのよ……
…！」

まるで仇敵《きゅうてき》に対して吐き捨てるように言った。

孝介君は楽しげに口端を歪める。

「素直な課長さんには、もっと良くしてやりますよ」

彼のピストンが更にスピードを上げる。まるで餅つきのように腰を振り下ろしては、その凶悪な肉竿で貫く。

「あぁっ、あっ、はっんっ♡　あっあっ、いやっ、痺れる……」

じゅっぽ、じゅっぽと吸い付きの強いフェラチオのような音が陰唇から漏れる。

「だからっ、それっ、深いの駄目っ♡　ジンジン痺れる……」

「なぁ？　パイズリってしたことある？　ていうかこんな乳してたら絶対頼まれるだろ？」

京香は激しく喘ぎながら、返答を口にする余裕もないとばかりにコクコクと頷いた。

「……で、でも……そんな上手にできない……」

「後で俺がたっぷり仕込んでやるよ。良いだろ？」

孝介君の横柄な口調に、京香はどこか納得のいかない表情を浮かべる。

しかしこうも激しく突き立てられては、もう彼に抗う気力は湧かないようだった。

彼女はもうなんでも良いから早く終わってほしいと願いを込めて頷く。

「す、するから……パイズリでもなんでもするから……早くイって……♡」

「パックリ開いただらしない子宮口で、もっかい俺の子種受け取れよ！」

「はぁっ♡　来るっ、来るっ、イっちゃう……♡　ガチガチちんぽで、赤ちゃん汁注がれておま○こイっちゃう……♡　駄目なのに……夫以外に中出し許しちゃ駄目なのに……あぁぁっ♡　イクッ、イクッ、イクッ♡　子作りちんぽでイックッ♡♡♡」

びゅっ、びゅっ、びゅうっ。

孝介君が大きなストロークを見せた。肉竿の根本まで陰唇に呑み込まれて、その肉壺に埋もれてしまう。

ドクドクと音が聞こえたのは射精の音か、それとも僕の脈拍の音か。

孝介君の腰が、京香の太ももがブルブルと震えると、やがて結合部からは冠水するように精液が溢れた。それは京香の肛門を通って布団に垂れていく。

社の壁に一人寂しく精液を飛ばしながら、僕はその場に腰から頽れた。

もう覗きを続ける気力を残した僕は、這うように社の裏手へと回って腰を下ろす。

二人の会話はそこまで聞こえてきた。

京香の激しい息遣い。

「もう……無理……おま◯こ壊れちゃう……」

「じゃあ奥さんが上に乗ってよ。自分のペースでやれるでしょ？」

ごそごそと二人が体位を変える音が聞こえると、間もなくギシギシと床が軋む音が聞こえ始めた。

「んっ……♡　んっ……♡　はぁっ、あっ…………これっ、すごい……奥まで入る♡」

「奥さん自分から腰振っちゃって、やらしーんだ」

「……だ、だって……」

「その前後に腰振るのも、元彼に教えてもらったの？」

「……関係ないでしょ」

「どっちの元彼？」

床の軋むリズムや強弱が変質する。孝介君の方からも突き上げているのが外からでもわかった。

「んっ、んっ、んっ、あぁっ♡」

「どっち？」

「……ど、どっちも……こうやってされるのが、気持ち良いからって……」

「それでそんなエッチなグラインドするようになったんだ？　一生懸命元彼の上で練習したんですね」

僕は嗚咽を押し殺しながら、自分の記憶の中の京香を照らし出す。騎乗位で彼女はそんな艶《なま》めかしく腰を振っていただろうか。

才女である彼女が自ら腰を振るなんて考えたこともなく、いつも自分が下から揺らしていた気がする。

僕は京香のことをなにも知らなかった。

「あ～、奥さん、その腰の振り方、マジでめっちゃ気持ち良いわ」

孝介君は舌鼓を打つように言う。

「そんで下から爆乳が揺れてんの見上げるの、すんげえ絶景」

「あっ、あっ♡　んっ、んっ♡」

「この体勢が俺の、一番奥まで入るだろ？」

「う、うん……やっあっ♡　おちんぽ、すごく深くて……あっあっ♡　お腹が持ち上げられてるみたい……子宮口に……亀頭が突き刺さってる……あっあっあっ♡　孝介君の……本当に、凄い………♡」

僕は想像する。もう精液で満タンになった京香の子宮に、孝介君の長く反り返った雄々しい陰茎が突き刺さっているところを。

悔しくて悔しくて、肩が震える。

そんな僕に神社の方から社へと近づく足音が聞こえてきた。洞穴からだと神主さんだとわかるが、方向は逆だ。

それは遠慮がちに迷いを伴って、しかし着実に社の方へと近づいてくる。

社の中の二人はそれに気付いた様子もなく、騎乗位に興じていた。

「ここってローションも置いてあるんだな。こっちの穴もほぐしてやろうか？」

「ちょっ、やだ……」

「大丈夫だって。俺はアナルでやるのも慣れてるから。奥さんはやったことないの？」

「んっ、んっ…………………」

京香は長い無言を貫いた。僕は嘘だろとその返答を待つ。

「…………い、一回だけ」

僕は愕然とした。あの知的で厳格な京香がアナルセックスの経験があっただなんて、胸を鷲掴みにされる思いだった。

しかしその激しい鼓動は失望ではなく羨望。そして京香に対する欲情だった。

「どっちの元彼？　大学生の方？」

言葉による返事はない。孝介君も追って質問をしないので、おそらく頷いたのだろう。

「どうだった？」

「……すごく苦しくて、途中までしか入らなかったわ……」

「あ〜、そりゃほぐしが足りなかったんだな。心配無用だって。俺はちゃんとしてやるから」

「……ちょっと待って。そんなことする必要ないでしょう。大体この神事は夫婦の模倣で子作りが主体なのだから」

「円満な夫婦を演じるのも俺達の御役目だって」

そんな彼らの会話に、社の扉を小さくノックする音が割って入る。

神事の最中には誰も近づかない。それを犯しているのは余所者の僕だけだった。

しかし、この場にもう一人誰かいる。

中の京香が驚いたように息を呑んだのがわかった。

「どうぞ」

しかし孝介君は呑気にそう言った。まるでそのノックの主が誰かわかっているかのようだった。

扉がおずおずと開く。孝介君が笑った。

「やっぱ兄貴だったか」

「み、御手洗さん⁉」

京香が驚きの声を上げる。

それもそうだろう。いつもは澄ました顔でミスを叱りつけている部下に、騎乗位で腰を振っている姿を見られたのだから。

御手洗さんはどこか言い訳がましく口にする。

「……す、すいません、課長……自分はどうしても……その……」

ハッキリしない言葉を孝介君が遮る。

「あーあー。わかってるわかってる。愛しの課長を最後にもう一回抱きたかったんだろ。俺は良いぜ。一緒に愛でてやっても」

「一緒にって……」

「夫役が二人でも良いでしょ。愛情二倍で無花果様もニッコリだよ。それじゃ兄貴さ、悪いんだけどそこのローションで奥さんのケツ穴ほぐしてやってよ。どうせ風俗でそういうの慣れてんだろ？　奥さんアナルは途中まで処女みたいなもんだから、初めては兄貴で譲ってやるよ」

「な、なにを言い出すの！」

「だから、二人で同時に愛してやるって言ってんですよ」

そんなことが許されるのかと僕はもう一度腰に力を込めて立ち上がる。

再び窓から顔を出すと、孝介君が京香の手を引いて上半身を自らの方に倒させていた。京香の豊かな乳房がむにゅりと孝介君の胸板で潰れて密着している。

そして孝介君は両手で京香の臀部に回し、その桃尻を左右に開くようにがっちりと掴んでいた。

御手洗さんはその開かれた結合部と肛門を見入るように息を荒らげると、ローションを手に取って指に塗った。

御手洗さんにとっては京香は後背位の体勢で腰を向けているようなものだった。そのあまりに無防備な肛門に、ローションをたっぷり塗りつけた指を近づける。

「ちょ、やめなさい、御手洗さん!?　聞いてるの!?」

首だけで振り返り、抗議の声を上げる京香。その頬を孝介君が掴むと、無理矢理自分の方へと向かせてキスをした。

くちゅくちゅと舌を絡ませている間に、後ろから御手洗さんが円を描くように肛門を撫で回していた。

「弄るね～」

その様子を孝介君が笑い、そしてどこか不安そうな京香に囁く。

「大丈夫だって。兄貴って仕事はできないけど風俗仕込みのテクはあるから」

その言葉を立証するように、御手洗さんは手際よく京香の肛門を愛撫し続ける。

「か、課長……指、入れますね？」

「そんな……ちょっと待ちなさいっ！」

京香は慌てて振り返ろうとするが、孝介君に制止される。無理矢理キスを続けさせられながら、抵抗させてもらえない。

ぬぷ、と小さな音を立てて御手洗さんの太い中指が京香の肛門に差し入れられる。

「んっ……」

京香は吐息を漏らしたが、それは快楽によるものではなかった。

「ほらほら。俺とのキスに集中して」

孝介君とのディープキスで蕩けている間に、指を根本まで挿入される。

「……ぜ、全部入りましたよ」

「……っく」

京香が恥辱で口を歪めた。しかし孝介君は逃がさないようにキスを続ける。彼女の口を啄みながら笑った。

「さぞかし窮屈なんでしょうね。課長さんのケツ穴。兄貴。しっかりほぐせよ」

御手洗さんは返事をすることなく、ゆっくりと円を描くように京香の肛門を弛緩させる動きを始めた。

にゅるにゅると指が音を鳴らす。

その間ピストンは最小限に抑えられていた。

「んっ……やぁ……ちょっと…………離しなさい……」

「またまた。そう言いながら奥さんもちょっと悦んでるでしょ？　マ○コの中ヒクついてますよ？」

「それは……違っ……あっ、あっ♡」

孝介君は腰を押し上げて、亀頭でお腹の奥を持ち上げるような動きを見せる。

それだけで京香は無防備な嬌声を上げてしまう。

「ほら兄貴。愛しの課長は俺のちんこでトロトロだから、今の内に遠慮なくケツ穴拡げてやれって」

軽口を叩く孝介君とは対照的に、御手洗さんは黙々と指で肛門拡張に集中していた。

「二本目、入れます」

指を二本入れて円を描く。

「くぅっ……うっ…………ふぅっ、くぅ……」

「三本目いきます」

「あっ、っく……んっ……ぐ……」

京香が苦しそうな声を漏らす度に、その意識を逸らす為に孝介君が彼女の舌を吸った。それはまるで麻酔のように働き、彼女に苦痛を与えない。

「それじゃ……そろそろ」

御手洗さんは指を抜くと、服を脱いで全裸となった。

サツマイモのような陰茎は既に身震いするように勃起していた。

それを生のまま京香の肛門にあてがう。

「ちょっと……嘘でしょ…………そんなの本当に入れるの？」

京香は流石に不安そうにそう言った。孝介君が窘めるように笑う。

「大丈夫大丈夫。お尻の力抜いときなって。それより俺のちんこに集中しろよ」

とん、とんと彼女を突き上げた。

「あっ、あっ♡」

「それにしてもまさか兄貴と3Pすることになるとはなぁ。しかも人妻で兄貴の上司」

「……いきます。課長……」

京香は両手を孝介君の胸板の上でぎゅっと握った。

にゅぷ……。

まるで大木の幹のような肉棒が、京香の肛門を押し広げていく。

「ぐっ、く……」

「大丈夫。ほら、俺とキスしてよ」

孝介君は京香の後頭部を優しく撫でながら、彼女の唇を優しく甘噛みした。

京香も現実逃避するように彼の唇を吸う。

「入り……ますよ」

にゅぷぷ……。

肛門が嘘のように拡がる。亀頭を咥え込ませると、そのまま慎重に腰を押し進めていく。

その間、京香は身を縮こまらせていたが、孝介君がそっと抱き寄せてリラックスさせようと試みていた。

実際彼とのキスは気を紛《まぎ》らわせるのに大分、効能があったようだ。

さほど苦悶の表情や声を上げることもなく、御手洗さんの肉棒は順調に京香の根本まで突き刺さった。

「はっ、あぁ……課長……！」

御手洗さんが達成感と征服感で法悦を感じていた。精神的な絶頂で天を仰ぐ。

「すっげ。中で兄貴のちんこがゴリゴリ当たる」

孝介君が楽しそうに笑うが、京香は苦しそうに息を浅くさせている。

そんな彼女の上半身を起こさせて、孝介君は彼女の左乳房を右手で下から持ち上げた。同時に後ろから御手洗さんが右手を右乳房に回して、指が食い込む程に鷲掴みにする。

「兄貴。腰振るのは順番だからな。ほら」

「あっ♡」

孝介君が突き上げると、次は御手洗さんが腰を前後させる。まるで餅つきだ。

「ひっ、ん」

それを交互に続けると、京香はそれぞれで色の違う嬌声を上げる。

「あっ……ひぃっ……んっ、ひ…………いいっ……ひんっ……あっひっ……♡」

前後の穴をそれぞれ趣向は異なるが、逞《たくま》しい男根で同時に責められる京香は声にな

らない声を上げた。

普段の凛然とした存在感が嘘のように、雄に弄ばれる雌として喘いだ。

「ひっ、いぃっ……あっひっ♡　んっ、いっ………ひっ、いんっ♡」

御手洗さんはひたすらに無我夢中で腰を振っていた。彼が京香に抱く歪んだ畏敬の欲情がそうさせるのだろうか。

「課長……っ！　課長……っ！」

彼が腰を振ると京香の肛門はずぷずぷと独特の挿入音を鳴らす。その喘ぎ声も切迫感に溢れていた。

「ひっ、ん♡　あひっ♡　み、御手洗さん……だめっ、壊れる……肛門、拡がる……」

孝介君はそんな二人を愉快そうに眺めながら、御手洗さんの腰の動きに合わせて京香を突き上げていた。

「兄貴必死過ぎ。笑える」

必死な御手洗さんに、切羽詰まった京香。そんな二人を取りまとめて連携を取っているのが彼だった。

「うわ〜、兄貴のデカマラが中でグリグリ動いてんのが、マ○コ肉を隔てて伝わるのが気持ち良いやら気持ち悪いやら」

「あいっ♡　いっひ♡　ひっん、あっひっ♡」

「奥さんも気持ち良さそうですね。きっと無花果様もご満悦ですよ」

明らかに心にもない軽口を叩きながら、京香の柔肉を愉しんでいる。

「息っ、できなっ♡　だめっ、だめっ、ちんぽで、一杯……二本も大きいちんぽ……こんなの……こんな………あっあっあっ♡　あっひぃっ♡」

「ちゃんとアナルでも感じてるじゃないですか。初めて兄貴が奥さんの下で丁寧な仕事をしたんじゃないですか？」

もはや京香には、孝介君の冗談に目くじらを立てている余裕はない。

「ひっ、ひぃ♡　ま○こになる♡　肛門もま○こになってる……♡　あっあっ♡」

「それじゃあ三人一緒に仲良くイキましょうか。兄貴も鼻息荒く腰振ってるし」

孝介君が言う通り、御手洗さんはとにかく京香の肛門を掘ることに没頭していた。

「……課長の肛門……千切れそうな程に狭いです！」

僭越《せんえつ》が混じった賞賛を口にしながら、ガツガツと腰を振っている。

三人が同時に達しようとしている。

一つに繋がった三人の身体が共に緊迫感を高め合っていく。

その柔らかさで、その硬さで。その締め付けで、その勇ましさで。

「だめっ、だめっ……こんな状態でザーメン注がれたら…………」

京香が恐れを感じているように、なにか怪物に追われているかのように言う。

「……頭の中、ちんぽ汁のことしか考えられなくなっちゃう…………私のま○こと肛門、ちんぽ気持ち良くしたいだけの穴になっちゃってる……」

そして京香はその快楽で爆《は》ぜそうになる。兄弟に交互に腰を振られ、性器と肛門でじゅぽじゅぽと摩擦音を鳴らす度に、まるで悦楽を詰め込まれて膨張する風船のようになっていた。

「はぁっはっ♡　ひっひぃ♡　あっ、ひぃっ♡　ひっん、いっいっ、どっちのおま○こも、凄い……凄いきもちっ♡　勃起ちんぽでジンジンする……マ○コ痺れる♡」

口端から涎を垂らし、男の力強さしか考えられないような表情をしている。しかしそれでも京香は京香だった。残る理性と知性が、そんな自分を恥じている。そういう顔を、僕はとても美しいと感じてしまった。

「課長……課長の肛門の中で、射精させてください……」

無気力な駄目社員だった御手洗さんが必死に懇願する。

「いいっ……いいから、もう……私の肛門で、この極太おちんぽ、気持ち良くなっていいから………ケツマ○コで好きなだけちんぽシコって、びゅうびゅうってザー汁吐き出して良いからっ……」

京香は上司としての威厳を残しながらそう命令した。

「兄貴にばっか構ってたら俺嫉妬しちゃうよ？」

孝介君はケラケラと笑いながら、御手洗さんが腰を引いたらタイミングを合わせて突き上げていた。

「あっ、ひぃっ♡　あっぁんっ♡　はっ、ひっ♡」

この肉の塊となった集合体の指揮権を握っているのは彼だった。

「ちゃ、ちゃんと貴方のちんぽも、奥まで入ってるから……子宮で妊娠汁受け取るから……だから……………一杯赤ちゃんザーメン出して………………♡」

三人がより激しくぶつかり合う。

一つの生き物が蠢《うごめ》いているようだった。

誰のものかわからない汗、愛液が飛び散る。

「イクッ♡　イクッ♡　イクッ♡　イック♡」

「課長！」

「奥さん！」

「……二人の強いちんぽでイクッ♡♡♡」

ビクビクビクッ！

京香が今までに見せたことのないような激しい痙攣を見せた。

そんな彼女のそれぞれの肉壺で、男二人は弛緩し切った顔で吐精していく。

全員が心身をぎゅうっと強張らせ、そして同時にその緊張を脱力させていった。

「……熱い…………おま○こも……肛門も……ザーメンで熱い……」

うわごとのようにそう呟く京香の身体を、御手洗さんと孝介君がまだまだ味わい足りないとばかりにその柔肉を手と性器と肌で堪能している。


社を離れた僕は幽鬼の如き足取りでフラフラと目的もなく歩いた。

気が付けば洞穴の前にいた。

奥からはまだ神主さんの、危機迫るような祈祷が漏れ聞こえる。

スタンガンを押し付けられたかのように痺れた頭で、その祈祷が命乞いのようだなと他人事のように感じた。

僕はぼうっと洞穴の入口を見ていた。

全てこいつの所為だ。あの祠の中にある御神体の所為だ。

僕は手近にあった石を拾うとフラフラと入口に近づいた。殆ど無意識だった。

スケッチしただけでは物足りない。あんなもの粉々に破壊してやる。

そんな物騒な破壊衝動が圧倒的敗北感と嫉妬の底で燃え上がる。

しかし僕は入口から入るとすぐに足を止めて、そして石を落とした。

洞窟の奥からなにかの影が伸びてくる。まるで巨大な蜘蛛の手足のような影。

僕は情けない声を上げてその場から逃走した。真っ暗な獣道を敗走しながら、あれは人間が関わってはいけないものだと今更ながらに痛感した。


京香は昨晩よりも遅い時間に帰ってきた。二人分の寵愛を受けた彼女の足取りはいつもよりぐったりしているように感じた。

僕は寝た振りでそれを迎えて、京香はそんな僕に安堵を感じているようだった。

なにも聞かれたくはないだろう。僕もなにも聞くことはない。

ただ一言、お疲れ様とだけ言いたかった。

これで全てが終わるのだ。

彼女が家を守ろうとし、そして僕との子宝に恵まれる為に犠牲したなにか。それらは全て報われるはずだと思いたい。

僕はなにもできなかった。最初から介在する余地すらなかった。

しかし彼女が幸せな未来の為に誇りを捧げてくれた様子は見届けた。

僕はそんな妻を尊敬し、そしてより愛を深くした。

翌朝僕達は何事もなかったかのように帰り支度を進める。

そんな折、京香がぽつりと言う。

「この村にはね、なにもないの。だから皆が信じられるものが欲しいのよ」

僕はどう返して良いのかわからずに、ただ黙っていた。

それにしても京香は僕が知っていることにどこまで勘づいているのだろうか。いや、もうそんな詮索もやめておこう。もう全て終わったことなのだから。

家を出る時、義母は京香を労うような視線でこれからの健勝を祈る言葉を掛けていた。なにもかもわかっている義母の言葉だと思うと、その重みが否応なしに伝わる。

僕は一足先に家の外に出ていたのだが、そんな僕の前に一人の老人が立っていた。

皺くちゃの顔で、腰が曲がっている。どこかで見覚えがあると思っていたが、確かこの村の村長という人だ。京香を御役目に指定しにきた際、丁度この軒先で僕と出会った老人だった。男か女なのかもわからない。

ただ家の前を通り過ぎただけかと思いきや、会釈した僕に視線を投げかけると足を止めた。

「魅入られとる」

「はい？」

「無花果様に魅入られとる」

相変わらず真夏日で、蝉の声が五月蝿い朝だった。

村長は僕の鞄を指差してぼそりと言った。

「さっさと手放すとええ」

それだけ言い残すと、牛の歩みよりもゆっくりと家の前から去っていった。

僕はわけがわからず、言い表せない不安に襲われた。しかしなによりもこの村から出られる安堵感の方が余程大きかった。

もう京香をあの社に向かわせずに済む。

二人きりの夜を過ごせる。

日常が戻ってくる。

それだけで僕は胸を撫で下ろし、花崎村を後にした。幸運にも御手洗兄弟と顔を合わせることはなかった。

最終話　開花と祝福

その後の顛末としては特に語るべきことはない。

朴訥とした田舎の風景などすっかりと忘れて、都会の喧騒に揉みくちゃにされながら忙《せわ》しなく生きていた。

あの虫の音や祭囃子はもう聞こえない。

社に漂っていた妙に甘い香りももう記憶が朧げだ。

「最近仕事の調子はどうだい？　また御手洗さんに手を焼かされているんじゃないか？」

そんな冗談を口にする余裕すらあった。今の京香は僕だけのものなのだ。

「彼なら他の部署に異動になったわよ」

彼女はスーツ姿で朝食を品良く口に運びながら、涼し気にそう言った。

「ああ、そうなんだ。それはそれで少し寂しいね」

僕は彼には悪いが安堵を覚えた。もう彼には少しでも京香に近づいてほしくはない。

「私の指導力不足で更生させられなかったのは口惜しいけどね」

彼女はそう微笑んだ。僕もつられて笑う。

「あ、そういえば今日は残業で遅くなると思うから」

「了解」

「貴方も新作の方は進んでるの？」

「それが絶好調なんだ。やっぱり都会にはない自然に沢山パワーを貰ったからかな」

今回の帰郷は美しい風景よりも、余程嫌な思い出の方が印象強い。それでも乗り越えていかなければならない。だったら無理矢理にでも良かったと思える過去にしてやる。

それに新作の制作が好調なのは事実だった。理解不能なものに触れて、頭の凝りがほぐれたのかもしれないと前向きに考える。

「そう。それは良かった」

京香も同じように考えているのだろう。少し苦々しく、それでも未来を見据えて微笑んでいた。

「それじゃあ行ってきます。夕飯は要らないから」

「わかった。行ってらっしゃい」

僕は玄関先まで彼女を見送ると、そっと顔を近づけてキスをした。

帰郷を終えた後、僕らは行ってらっしゃいのキスが習慣となっていた。柄にもないね、と二人で照れ笑いを浮かべながらも、お互い満更でもないといった様子で続いている。今では京香が玄関先で僕を待ち、自ら顔を上げてせがんでくるくらいだった。

彼女の隠れた一面であった少女然とした愛らしい態度は、僕を益々惚《ほ》れ込ませた。

マンションの扉を開けて出社していく彼女を見送ると、ベランダに洗濯物を干す。残暑はまだまだ厳しくて陽射しはきつい。しかし花崎村でのそれに比べたら随分と和らいだ気がした。蝉の声ももう聞こえない。

洗濯物を終えると仕事部屋に籠もって机を前にする。

時々筆が進まなくなると僕は気分転換にスケッチブックを取り出しては祠の絵を見返す。

何度かこの絵を捨てようかと迷ったことがあった。しかしその度に得体の知れない気持ちの悪さが沸き起こり、未だに手元で保管している。

あの時村長が手放した方が良いと言っていたのは、この絵のことだろうか。

まさか無花果様がこの絵に憑いているなどとは言うまい。

いつの間にか陽が暮れて月が出ていた。

ベランダには一羽だけ鴉が止まっていて、じっとこちらを見ていた。僕はそれを追い払うと京香の職場の方を見た。その方向の上空に鴉の集団が渦を巻くように飛んでいた。

開いたスケッチブックから視線を感じる。僕はそれを閉じると不安を掻き消す為に京香へとメッセージを送った。

最近の僕はなにかに急《せ》かされるように京香との子どもを望んでいた。彼女も乗り気で、既に子どもの名前や教育方針を熱心に語り合ったりしている。

二人で排卵日を確認し合うと、その日を二人で待ち遠しくしていたりもした。

『今日は確かあの日だよね？　残業でくたくたかもしれないけど、もし良かったらどうかな』

送った後に、仕事中の妻に送るメッセージとしては色気がなさ過ぎたかもしれないと反省する。しかし返信でそれは僕の杞憂だとわかる。

『うん。私も早く貴方との子どもが欲しいから。一緒に頑張ろうね』

僕は微笑みながら携帯を机に置くと、スケッチブックを閉じて棚の奥に仕舞うのであった。

「旦那さん、なんて?」

ベッドの上の京香は答えられない。

携帯を片手に息を整えるので精一杯だった。

「やっぱりあんな小汚い場所よりも、綺麗なラブホの方が気持ち良いよな」

仰向けで額の汗を拭きながら、息を荒らげる京香を見下ろすのは孝介だ。

空調の効いた部屋だが、正常位で結合した二人は共に全身汗だくである。

京香は絶頂の余韻に浸りながらも、罪悪感に顔をしかめながら携帯を手放した。

その豊かな肉丘は、彼女の荒い呼吸の度にたぷんたぷんと揺れる。

「早く帰ってきてほしいって?」

「…………貴方には関係ないわ」

「あ、彼氏にそんなこと言っちゃう?」

「誰が彼氏よ」

京香は浅い息遣いの中でも冷徹に突き放すように言う。

「こうしてお互い仕事終わりに愛し合ってんだから恋人みたいなもんでしょ」

「……思い違いも大概にしてほしいわね」

「そんな素っ気ない奥さんも可愛いよ。でもやっぱり喘いでる声のが可愛いかな」

孝介はそう言うと、京香の膝裏を抱え込んで根本まで挿入してのピストンを数度繰り返す。

「あっ、あっ、あっ、あっ、あっ♡」

「ここ、気持ち良いんだろ？」

他愛もなく弱点を突かれ、あられもない声を上げさせられる自分に京香は辟易《へきえき》とすらした。しかし甲高い声は依然として漏れ続ける。

「あっいっ、いっいぃっ、そこっ、だめっ♡　深いのっ、凄いっ、あっあっ♡」

京香の顔が蕩けたのを確認すると、孝介は満足そうにピストンを中断して笑った。

「それにしても奇遇だよね。こんな広い都会でばったり再会するなんてさ。狭い村じゃねーんだぜ。まさか無花果様の思《おぼ》し召《め》しだったりしてな」

「……そんなこと思ってもいない癖に」

それにしても偶然にしてはでき過ぎだった。一千万人もひしめく東京で、たまたま顔を合わせる確率など天文学的だ。

仕組まれた再会なのではと疑う余地もなかった。孝介の反応も演技とは思えない程に、信じられないといった様子だったからだ。

本当にただの他意のない偶然。しかし信じられない。彼の言う思し召しという言葉が喉に刺さった魚の小骨のように気になる。

「再会だけじゃなくて、こうやって奥さんとラブホデートまで約束できるなんてな」

京香は納得がいかないという表情を浮かべて、無言の抗議を仕掛ける。

偶然道端で顔を合わせた彼が提案してきたのは、真っ当なデートの約束などではなかった。

『旦那さんにもお世話になったんで、挨拶に伺わせてくださいよ』

家に招待しろという彼の要求は、余計なことを夫に話されたくなければ言うことを聞けという脅迫めいた裏腹が露骨に感じ取れた。

それでも以前の自分ならそれを厳格に跳ねのけられたはずだと回顧し、そして不思議に思う。

勿論、罪の意識はある。なのにどうして彼とこんな場所に来てしまっているのか。自分の行動が理解できない。まるでなにかに背中を押されるように孝介とセックスをしてしまっていた。

「とにかく、折角二人きりなんだから楽しみましょうよ」

孝介は京香の両手を引いて上半身を起こさせると、対面座位へと体位を移行した。

全裸で抱き合うと、果実のような乳房が孝介の胸板でむにゅりと潰れる。

京香は弛緩し切った身体が倒れないように、しがみつく格好で孝介の首に両腕を回す。孝介はそんな京香の臀部を鷲掴みにした。桃のような形をした尻肉に、彼の指が深く食い込む。そして、そのままの状態で軽く京香を揺らした。

「んっ、んっ、んっ、んっ、んっ♡」

たっぷりと汗を掻いた二人の肌が、にゅるにゅると滑るように摩擦する。

「もう真夏は過ぎたけどまだまだ暑いっすね」

「……それでもあの社よりかはマシだわ」

「確かに。くっそムシ暑かったし」

京香は世間話に応じながら、孝介と交接に励んでいる自分がまるで自分じゃないように思えた。

最近の自分がおかしいと思えるのはそれだけではない。

帰郷した後はやけに子どもを欲しいという欲が掻き立てられた。

夫も協力的だし、彼との子宝に恵まれるのが楽しみで仕方なかった。

なのに何故……。

「奥さんの中、ウネウネしてますよ。そんな欲しいですか？　俺の精子」

京香の表情は罪の意識で苦々しい。それでも逡巡しながらも口にする。

「はっ、はっ、はっ♡　んっ…………孝介君の生ちんぽ……凄いから……」

「どう好き？」

「……カリが張ってて、反り返ってるから……気持ち良いところ凄く擦られる」

「ことか？」

「あっ、あっ、あんっ♡」

京香は喘ぎながらコクコクと頷く。

「俺のちんこ好き？」

京香の頭に夫の顔が浮かび、返答するのに躊躇する。自分が本当に欲しているのは、夫との温かくも幸せな家庭のはずなのに。

「なぁ？」

「…………好き」

孝介は愉悦で口端を歪めると、更に大きく京香を上下に揺さぶった。

「もっと言って」

「あっあっあっ♡　孝介君の生ちんぽ、好き……大好き……」

「もっと好きにさせてやろうか？」

京香は眼差しだけで問いかける。

「どうやって？」と。

孝介はヘラヘラしながら京香へと顔を近づけた。

京香は微かに顎を引くだけで、露骨に避けたりはしない。

二人は唇を軽く合わせる。

ちゅっ。

もう一度。

ちゅっ、ちゅっ。

「奥さんの中で、俺との赤ちゃん作るの。そしたら俺のこともっと好きになるよ」

孝介のことなど微塵も好きではなかった。軽薄で、計画性もない若者だ。なのに京香は厳しく否定することができなかった。

孝介の舌が唇を割って入ってくる。

京香はそれをほんの少しの抵抗の後、受け入れた。

くちゅくちゅと舌がナメクジの交尾めいた絡み方をすると、彼女の背筋と脳みそがバターのように溶けていく。

「……今日は…………駄目」

それでも彼女は鉄壁の才女の異名を持つオフィスレディ。頭の片隅に残った理性で快楽を押しのけようとする。

「どうして？　もしかして危ない日？」

京香は無言を貫くことで肯定する。孝介は無邪気に笑った。

「じゃあ丁度良かったじゃん」

なんと気軽に言ってくれるのだろうと京香は呆れた。子どもができるということを軽く受け止め過ぎではないかと憤慨すらした。

しかしどうしてもこの男を突き飛ばして、一人で帰る程に嫌悪できない。

「無花果様が、俺達に赤ちゃん作れって言ってるんですよ」

なにを馬鹿なことを。そう言いたかったが、何故か口にはできなかった。

「……無花果様なんていないわ」

そうだ。これは全て自分の選択。自分の責任であり罪。なにか大きな宿命を感じさせる濁流に呑み込まれていることを自覚しながらも、京香は現実的な考え方をする。

「じゃあなんで生挿入をオッケーしたんです？」

京香は逡巡しながらも、これ以上自分を誤魔化したくない一心でハッキリ言う。

「……言ったでしょ。貴方の生ちんぽが気持ち良いからよ」

「その生ちんぽで子作りするのはもっと気持ち良いですよ」

「でしょうね」

「じゃあ」

「……駄目」

なにかが自分を押し流そうとしている。あの夏、社で感じた気配をそこはかとなく感じる。

それでも譲れないものがある。

「私は、あの人の妻だから。あの人の子ども以外を産んだりしないわ」

「でも俺と再会した。広大な砂漠で落とし物を拾うような確率でね。これは運命なんですよきっと」

「意外とロマンチストなのね」

「女の子を落とす時だけの方便です」

「なら私には通用しないわ。オカルトは全部嫌いなの」

「そうですね。奥さんに通じるのは…………奥まで届く大きいちんこだけですもんね」

「あんっ、あんっ、あんっ、あんっ♡」

孝介も息遣いを荒らげながら突き上げる。

「旦那さんよりも丈夫な赤ちゃん孕ませてあげますよ」

「やっ、あっあっ、んっ♡　で、でしょうね……このガチガチちんぽなら、夫よりも強い子種を残せるでしょうね」

京香は喘ぎながら、吐息が直接ぶつかる距離で孝介を見つめる。

「貴方が夫よりセックスが上手くて、勃起ちんぽも強いことは認めるわ。貴方に抱かれている方が気持ち良いのも確かよ……でも……子どもはあの人のを産む。愛しているから」

「強情ですね」

笑う孝介の前で、なら何故こんな男に身体を許しているのかと疑問になる。

「あっ、あっ、あっ♡　いいっ、そこっ、あっいっ♡」

私はなにかに見られている。期待されている。非科学的なことは信じたくもないし実際のところ信じていない。それでも全身に感じる視線と気配は否定し切れない。

「ああっ、おちんぽ凄いっ♡　奥に届くの……信じられない……♡」

信じてはいないが、それだとやはり何故この男に抱かれているのかが説明できない。欲求不満？　違う。全てを夫にバラされるという脅迫を恐れて？　それはただの建前な気がする。

「奥さん。自分から腰振っちゃってるよ」

ニヤニヤとしながら孝介にそう言われて、確かに自分から腰を振っていることを自覚させられる。

流石に頬が紅潮したが、京香は自分と向き合う為に認める。

「……そうね。貴方とのセックスが気持ち良過ぎて、自分から勃起ちんぽを求めてしまっているわ」

淡々とそう言う。

「それはやっぱり俺と子作りしたいからじゃないの？」

孝介の軽口に、条件反射で否定したくなる。

しかし彼女は自分に問いかけた。

このまま建前だけで流されていってもいいのか。

説明できないなにかの所為にして、誤魔化しても良いのか。

自分と向き合わなければならない。

彼女は表情を引き締めると、会議で発言する時のような凛々しさを背負いながら言った。

「……そうね。認めるわ。私の身体はきっと、貴方のちんぽで妊娠することを望んでいるのだと思う」

自ら腰をなすりつけるようにグラインドさせながら言葉を続ける。

「それくらい……孝介君の大きくて反り返った勃起ちんぽが好き」

そして自ら孝介の唇を吸う。

孝介はそれに応えるように背中を強く抱きしめると、強く彼女を突き上げた。

「あっ、あっ、あっ、あっ、あっ♡」

京香はひとしきり喘ぐと、やはり凛然とした様子で罪を告白する。

「妊娠するなら、孝介君のような逞しいおちんぽで孕みたいと思う。私のおま○こは孝介君の奥まで届く強いちんぽで赤ちゃん作りたいと願っているわ」

その言葉に乗せられるように、孝介は雄として奮起するように彼女を突き上げる。

「んっ、んっ、んっ♡　ほらっ、こんな深いところ、夫じゃ届かないもの……それにこんな激しい突き上げ……孝介君とのセックスでしか味わえないわ……あっいっ♡あっあっあっ、いいっ、いっいっ♡」

孝介の首に巻き付いた腕が、尚一層ぎゅうっと抱き寄せた。

「……イクッ♡　夫より若くて……力強いちんぽでイクッ♡　ああっ、きもちっ♡♡」

ビクンビクンと彼女が痙攣する。それに伴って彼女の肉壺がうねりを上げて陰茎を抱擁し、その膣壁で締め上げて射精を促す。

「奥さんっ！」

ほぼ同時に孝介の腰が小刻みに痙攣し、ドクドクと音を鳴らして濃厚な精液を彼女の子宮に注ぎ込んだ。

溶岩のように熱い白濁液で満たされ、至福を感じながらも京香は潔く口にした。

「……それでも私が産む子どもは夫のだけよ」

孝介は射精で全身を震わせ、京香を抱き寄せながらも鼻で笑った。

「愛ってやつですか？」

「ロマンチックでしょ？」

くつくつと笑う孝介に京香は息を切らしながら言う。

「貴方にここに連れ込まれた時、逆らえないなにかがあった。いいわ。ついでに無花果様とやらを認めてあげる。でもそこまで。私は孝介君のちんぽが好き。無花果様も存在する。それだけよ。子どもは夫と作るわ」

「でも今まさに中出ししちゃってますけど」

「今日のところはピルでも飲むわ。折角の排卵日で勿体《もったい》ないけれど」

「じゃあこれからもセフレってことで……」

「いいえ。今日で最後よ」

吹っ切れた京香の瞳はひたすらに真っすぐだった。自分の隠れた欲望と向き合ったことで、何者にも流されない強さを手に入れた。

「今日が最後の神事。その代わり、私も全てを吐き出すわ」

「例えば？」

京香は苦々しく微笑むと、孝介の唇を軽く啄むようにキスをした。

「夫のセックスが、ちんぽが孝介君みたいだったら良かったのに、とかね」

「ははっ。そこまで晴れやかに言われると俺も手を出し続ける気になれないですね。わかりましたよ。じゃあ今日が最後ってことで」

「ええ。お互い未練が残らないように」

「ヤりまくりましょうか」

「ところでずっと気になっていたんですが」

「なにかしら？」

「アナルから精液が漏れてるのはなんでですか？」

「……ふん。今日会社で御手洗さんに襲われたのよ」

京香は憤慨を押し殺すように述懐した。

「半ば強引だったわ。資料室で探し物をしていたら突然後ろから襲い掛かられちゃっ

て。勿論黙ったままでいられるほど私は甘くもないし優しくもないわ。かといって表沙汰にもしたくはないし、自己都合で退社してもらうように勧告するつもりだけど」

「あいつ仕事できない癖にそういう時だけ積極的なんすね。というか奥さんにめっちゃ執着してたし。会社辞めさせてもストーカーにならなきゃいいけど。もし良かったら俺が馬鹿兄貴を田舎に帰るよう手回ししときましょうか」

「助かるわ」

「その代わり、今から本音丸出しのセックスしてくださいね」

「ええ。私もそのつもりよ。一切後腐れのないよう、私のお腹の裏で渦巻いてる歪んだ情念。夫との未来には不要な膿をここで捨て去っていくつもりよ」

「精々俺を利用して、夫婦円満になってってくださいよ」

二人は抱き合うと舌を絡ませる。

京香は己に潜んだ爛れた欲情をすっぱりと打ち捨てる為。

「もう一生孝介君とセックスしなくても良いと思えるくらい、私のことをメチャクチャにしなさい」

職場で見せる課長としての顔で宣言した。

僕はスケッチブックを持って夜の河川敷を歩いていた。

月明かりも雲で陰っている夜の川辺はどこか不気味で、ほんの少しだけ花崎村を連想させた。

足元に気をつけながら、サンダルのまま川の端っこに足を踏み入れる。

僕は周りに人気がないことを確認すると、スケッチブックから祠を描いた一枚だけを破り、そしてライターで火をつけた。

なにやら纏わりつくような抵抗感に苛《さいな》まれる。

闇夜の奥から声が聞こえた。

「御役目を全うしろ」

しかし僕はそれを振り払うように、破った一枚に火をつけた。

それはあっという間に消し炭となっていき、ぱらぱらと僕の手から零れ落ちて川に流れていった。

僕の手にはライター以外になにも残らなかった。

途端に肩に乗っかっていたなにか重いものが、風に吹かれて消え去った気がした。

息をついて夜空を見上げる。

ようやく全てから解放されたみたいで、清々しい気分になれた。

もう鴉はどこにもいない。

僕らを見張り、そして縛るものはないのだ。

京香が帰ってきたらご馳走を振る舞おう。そして子どもを作ろう。

それで僕らの花崎村への帰郷は、ようやく幕を閉じるのだ。


京香は孝介の背中に爪を立てる程にしがみついていた。そうしなければ振り落とされそうな程に孝介は彼女を対面座位のまま突き上げる。

「あっ、あっ、あっ、あっ、あっ、あっ、あっ♡」

孝介は額に玉粒のような汗を浮かべながら、切羽詰まった声を上げる京香に問いかける。

「どうすか？　こんなの旦那さんじゃ味わえないでしょ？」

「あんっ、あんっ、あんっ♡　む、無理……夫じゃこんなセックス無理……」

「どうして？」

「だ、だって……おちんぽ、こんな奥まで届かない……」

「それだけ？」

「腰遣いも、すごく強い……こんなガンガン、おま◯こほじられるの……知らない…

「……こんな激しいちんぽ、初めて…………」

言葉を交わしながら唇を吸い合う。その互いの吐息は甘く切ない。

「キスも俺のが上手だろ？」

京香は悔しそうに、しかし自分が前に進む為に認める。己に奥底に沈殿する、不貞の塵を処分するように吐き散らかす。

「……ええ……孝介君とのキスの方が、夫とするよりも何倍も気持ち良いわ……」

京香の唇には、今朝も交わした夫とのキスの感触が残っていた。そんな幸せの象徴ともいえる余韻が、いとも容易《たやす》く孝介に塗り替えられていく。

自ら舌を差し出し、絡め、そして吸う。時には孝介の歯茎まで舐め、そして唾液を交換した。腰も自分から振っている。

孝介と息を合わせることで、陰茎と膣壁の摩擦に相乗効果が生まれる。それを求めるように孝介と腰をぶつけ合う。

「はぁっ、はぁっ、はぁっ、はぁっ……♡」

京香は犬のような浅い息遣いで軽い呼吸困難に陥っていたが、それでも腰は止めない。

「そんながっつかなくても俺は逃げませんよ」

はしたない程に腰を振っていたことを自覚させられ、京香は耳まで真っ赤になった。しかしそんな醜態を丸ごと認めなければ、孝介との秀逸な交尾をいつまでも忘却できないと彼女は考える。

殊更強く、彼の首をぎゅうっと抱きしめた。

「……好き♡　孝介君のちんぽ好き♡　夫のよりも、孝介君の強いちんぽでおま○こされる方が好き♡」

「精子は？」

「……ザーメンも孝介君の方が好き♡　夫よりも濃くて、勢い良くドピュって出る孝介君の子種汁の方が、優秀な赤ちゃん作れそうで好きっ♡」

「奥さんのぬるぬるした肉壺が気持ち良過ぎて、その好きな精子でちんこがパンパンになっちゃってるのわかる？」

京香は胸が締め付けられた。下唇を噛みながら小さく頷く。

「ちんぽ、パンパンになってる……射精したくてガチガチの勃起ちんぽ、気持ち良い……♡」

「奥さんがもっとちんこ気持ち良くしてくれたら、旦那さんより好きなザー汁注いであげますよ」

「…………あっ、あっ、あんっ、はぁっ、あっ♡」

京香は人生で今までにないくらい必死に腰を振った。自身の快楽の為ではなく、自身を貫く優秀な男根に奉仕しようと膣壁で扱き上げる。

「ちんぽっ、来てっ♡　ちんぽ汁、一杯出してっ♡」

二人の周囲はサウナのような熱気で包まれていた。

「おま○こでシコシコするから……おちんぽから濃厚ザーメン、どぴゅどぴゅして♡」

冷涼な顔立ちの美人による情深いグラインドで孝介も追い詰められる。

「奥さん……っ」

「……来てっ♡　一緒に来てっ♡　孝介君のおちんぽと一緒にイかせてっ♡」

孝介の両腕が、華奢な京香の背中を鯖折りするように抱きしめた。

「イクッ♡　イクッ♡　夫よりも全然深いちんぽでイック♡♡♡」

びゅるっ、びゅるるるるるる！

二人の全身が悦楽で震えると同時に、孝介の尿道を糊のような精液が駆け上がって膣内に放出された。

「あぁっ……♡　やっぱり孝介君の射精凄い……♡　孝介君の赤ちゃん汁…………夫と違って濃くて……熱くて…………びゅるびゅるって沢山出る……♡」

その肉体に傾倒していたのは京香だけではない。

孝介にとっても京香の完成されたスタイル、グラマラスな肢体は極上のものだった。

いくら精を吐き出しても満たされることがない。

飽くことなどなく、次を求める。

射精中にもかかわらず、孝介は京香に次の体位を提案する。

「奥さん……繋がったまま、反転することできます？」

「……わかったわ……」

互いにハァハァと息を切らしながらも、結合したまま京香は緩慢な動きで身体を反転させる。対面座位から普通の座位へと移行する。

その際に程好い締め付けを誇る肉壺が、陰茎をねじるように刺激する。ザラザラとした膣壁が回転して摩擦するその快楽は、射精中の孝介の意識を一瞬奪う程の心地よさだった。

京香の背中と孝介の胸板が密着すると、孝介は後ろから両手を乳房に伸ばした。指先を柔い乳肉に食い込ませると、弾むような張りを感じさせた。

「奥さん……奥さんっ」

熱中するように乳房を貪る孝介の陰茎は、射精を果たしても硬度が一切衰えることがなかった。

「あっ、あっ、あっ、あっ、あっ♡」

「旦那さんは、こんな連続で愛してくれますか？」

京香は首を横にぶんぶんと振った。

「あんなにザー汁どぴゅったのに、こんなにおちんぽが逞しいままなんて凄い……夫じゃ絶対に無理……」

「でも……それでも旦那さんが一番好きなんですよね？」

「…………好き。愛してる……どれだけ孝介君のセックスが、おちんぽが優れていても、夫へのこの気持ちは変わらない……」

孝介は嫉妬なのか、更に指先を豊かな乳にむぎゅりと食い込ませる。

「あんっ、そんな強く掴んじゃ……♡　やっ……ちんぽも、強い……♡　おちんぽ、ビキビキってなってる……♡」

「今だけは旦那さんのことを忘れさせてやりますよ」

「……だめ……夫のことは絶対に忘れない……あの人への罪悪感と、自分への不甲斐なさは忘れない…………忘れるのは孝介君とのセックスの味だけ……だから……」

指の間から乳肉が漏れる程に強く握りしめる孝介の両手に、京香はそっと手を重ねて言う。

「……だから……今だけは強く抱いて…………孝介君とのセックスを一生思い出さなくても良いくらい、激しく抱いてメチャクチャにして……」

孝介はその指示に従うように、思いっきり腰を突き上げた。

「あんっ、あんっ、あんっ、あんっ♡」

両手で乳房を掴んでいなかったら、それらは円を描くように激しく揺れていただろう。

「奥さんはきっと良い上司なんでしょうね。なんとなくですけどわかりますよ。言われたことをきちんと果たそうって気持ちになります」

京香は息を切らしつつも淡々と言う。

「そう……じゃあ………もっとおま○こしなさい」

孝介は痛快そうに口角を持ち上げた。

「了解」

使命感からか孝介の体力は一時的に天井知らずとなった。

ガツガツと京香を突き上げる。その度に密着した桃尻がプリンのような弾力で揺れた。

「あっあっあっあっあっあっあっあっ♡」

京香は息継ぎができない程に喘がされる。

「奥っ♡　これっ、ズコズコって刺さるっ♡　ちんぽが頭の芯まで響くっ♡」

孝介は乳肉を握り潰しながらも、乳首を力いっぱいに摘まんで押し潰す。

「やっ、そんな強く………あぁっ、いいっ♡」

ともすれば痛みすら覚える程の荒々しい愛撫だったが、もはや全身性感帯となっていた京香にとっては快楽でしかなかった。

「もっと……もっとおちんぽして……♡　孝介君のカリでおま○こ引っ掻いて♡」

孝介は京香の首筋に唇を押し付けて、キスマークを残すように吸いながら腰を振る。

その上下運動は苛烈を極めた。

「あっ、あっ、あっ、あっ♡　孝介君……またちんぽ膨らんできてる……♡」

「何度だって種付けしてやるよ」

本来なら京香が嫌う粗暴な物言いだったが、ここに至っては京香の方が精神的な高揚で震えた。

「あぁ……そんな……駄目よ……」

あくまで京香にとっては、ひと夏の残滓《ざんし》を振り切る為の通過儀礼。

しかし自分の身体がなにを求めているかは明白だった。

その証拠に、今最も奥底まで繋がっている男が雄弁に語る。

「でも奥さんの子宮、下がり切っちゃってるよ？」

「……言わ、ないで……」

「ガチで俺で妊娠したがってんじゃん」

「……だって……」

「だって？」

夫との営みでは経験したこともないような汗塗れになって、ひぃひぃと呼吸を荒らげながらも京香は認める。

「…………孝介君のちんぽが好きだから…………孝介君の勃起ちんぽで妊娠できたらって考えると……勝手に子宮が悦ぶから……」

「やっぱりさ、俺の精子で妊娠しちゃいなよ」

「だ、め……あんっ、あんっ♡」

「ほら、また射精してあげる」

その言葉に京香の全身が縮こまる。

彼女の肌が、愛液が、肉壺が、その全てが期待に打ち震える。

京香のイソギンチャクめいた膣が、蠕動《ぜんどう》するように陰茎を抱擁した。

その刺激に耐え切れずに男根が暴発する。

びゅっ、びゅっ、びゅうっ！

亀頭が子宮口を押し広げるようにキスをしており、その粘液が直接子宮に注がれる。

その熱に京香はお腹が火傷する、と危機感すら抱いた。

数発目とは思えない粘り気と量の精液が、子宮の壁に張り付いていく。

京香は背中を仰け反り、大きく顎を開けて舌を覗かせた。

ビクビクと痙攣する中、乳房に掴む孝介の指先が更に深くめりこんだ。

ここまで乱暴に男に求められるのは彼女にとって初めてだった。それが彼女の浮遊感をより強める。

愛ではなく、単なる性欲でもない。

繁殖を希求する雄の吐精に、彼女も雌として応えてしまっている。

「あっ……♡　あっ……♡」

子宮口に連結した亀頭から、ドクドクと子種を注がれる度に彼女は達した。

最も自分を高めてくれる男根。伴侶よりも相性が良い男性器に対して、彼女の子宮は敬愛の念すら抱いてしまっている。

心と身体が剥離していく。

誰よりも夫を愛している。この身体で夫の種を継ぎたいと願っている。

しかし社で感じていたような、妊娠出産に対する我慢できない程の焦燥感が再び沸き起こる。

（もう神事と御役目は終わったはずなのに……）

京香は無花果様を憎んだ。

最初はその存在すら信じていなかったが、今では身体だけでなく心を蝕《むしば》まれていると確信している。

精液が子宮を満たす度に絶頂しながらも、彼女はその幸福感に抗おうとする。

（貴方……）

必死に愛している人間の顔を脳裏に浮かべる。

しかし白い波は絶え間なくそれを洗い流そうとするし、白い火花は愛する人の面影を焼き焦がそうとする。

「四つん這いになって」

孝介の言う通りに座位から後背位へと体勢を変える。

もはや言いなりになる以外に選択肢はない程、四肢は弛緩していた。

「……も、もう……許して……」

京香は無意識に懇願していた。

これ以上はもう自我を保てないという恐れすら抱く。

四つん這いとなって突き上げた腰の中で、男根は未だに雄々しくそそり立っている。

その強大な存在感に、自分は屈服するしかないのだと予感した。

「奥さんは今晩を最後に俺のことを忘れようとしてるみたいだけど、俺はそんな勝手に付き合うつもりはないですから」

孝介は京香の腰を両手で掴み、ぱしんっ、ぱしんっ、と乾いた音を立てて下腹部を桃尻に叩きつける。

「あんっ♡　はぁっん♡」

「俺も正直一人の女に執着するなんて柄じゃないんだけどな。どうも奥さんに対しては、外せない強い目的意識が湧くというか」

ぱんっ、ぱんっ。

「あっい♡」

「ぶっちゃけ、孕ませたいです」

「だっ、めっ♡」

京香の背中が反ると共に、肩甲骨がぐっと狭まる。

「俺のガキ、産んでください」

「あっ、あっ、あっ、あっ、あっ♡」

「これはあれかな。俺も無花果様に魅入られちゃったってやつなのかな」

孝介は笑いながらピストンと言葉を続ける。

「奥さんもきっとそうなんですよ。だから奥さんが悪いわけじゃないんですって。罪の意識を抱える必要はないんです」

「あっあっ♡　でも、でも……」

孝介は優し気に囁いた。

「俺達二人の赤ちゃん、作っちゃいましょうよ」

根本まで挿入するとピストンを止めて、肉槍の穂先で子宮口をグリグリと責める。

「あぁっ♡　それっ、あっ、いいっ♡」

「ピル飲むのやめなよ。ね？」

尻肉を押し潰すように下腹部を密着させながら甘い言葉で誘う。

「うぅぅっ♡♡♡」

京香は背中をビクビクと小刻みに揺らして軽く達した。

「欲しいでしょ？　俺との赤ちゃん」

再び腰を振る。

ぱんっ、ぱんっ、ぱんっ。

「無理しないでさ、孕んじゃいなよ。俺のちんこで」

「いっ、いっ♡　あぁっいっ♡」

京香はその甘言に抗うようシーツを強く握りしめる。

「きっと幸せだよ。俺の赤ちゃん産むの」

「はぅっあっ♡　あんっ♡　あんっ♡　ぁんっ♡」

京香は孝介の言葉の一つ一つで達してしまっていた。

望んでしまっていた。

空想や願望ではなく、現実的に孝介と子作りをすることを望んでしまっていた。

京香は首を振って、その馬鹿げた考えを振りほどこうとする。

「わ、私、には……夫が……あんっ、あんっ♡」

「俺より気持ち良くないちんこの旦那さんがなんだって？」

「それ、でも……それでも、私は…………」

「こっちの方が良いだろ？」

った。


「あっあっ♡」

「本当は奥さんも俺のちんこで、妊娠したいんだろ?」

京香はより強い力でシーツを握りしめた。シーツが激しく乱れる。

必死に首を横に振ろうとしたが、ピストンでの快楽が強過ぎて大して首は動かなかった。

孝介の男根は一発目の射精時から全く劣らない硬度を誇っていた。むしろその勇ましさは徐々に増しているかのように思える。

反り返りの角度は益々と増して、カリのエラも出っ張りが顕著になっている。

(……そんなにも……私のこと……)

リズミカルなピストンの中、彼女の頭は子宮と同様に益々白く塗りつぶされていく。

「あっ、あっ、あっ、あっ、あっ、あっ、あっ♡」

(………そんなに私を……妊娠させたいが為に……)

「イクッ、イクッ♡　さっきから、おま○こイクの止まらないっ……♡」

(………私は……私は……)

より大きな絶頂が京香を襲い、彼女の全身がビクビクと震える。その強張りで両手が掴むシーツが更に皺を乱れさせせた。

「ピル飲むのやめときな。いい？」

「はぁ……はぁ……はぁ……はぁ……」

彼女は肩で大きく息をしながらも、小さく頷いた。

孝介は満足そうに笑った。

「俺とする子作り、気持ち良いだろ？」

京香は逡巡しながらも、再び小さく頷く。

「奥さんの方からちゃんと言って」

達成感に満たされた孝介のピストンはより軽やかになった。

「あっ、あっ、あっ、あっ、あっ♡」

「ほら」

「…………気持ち、良い…………孝介君との妊娠セックス……種付け交尾気持ち良い」

「ちゃんと今日の一発で孕ませてやるからな」

「はぅっ、あぁっ♡」

「嬉しい？」

「……嬉、しい……孝介君の子作りちんぽでおま○こ孕めるの、嬉しい……」

「旦那さんとは今まで通りラブラブで生活してたら良いからさ。これ全部無花果様の所為だから。奥さんは悪くないから」

「あっ、あっ、あっ、あっ♡」

「帰ったら旦那さんともしなよ。ああでも奥さんにそんな体力残らないか。まぁ大丈夫っしょ。どうせ旦那さん一回だけチョロっと出して終わりでしょ？」

孝介はくつくつと笑いながらも言葉を付け加える。

「どっちの子かわからなくなるってことはないくらい注いでやるからな」

「……もう、孝介君の赤ちゃん汁で、お腹いっぱい……」

「俺の子産んでくれるって言うなら、もっと種仕込んでやるって」

「あっあっあっ♡　ちんぽっ、硬いっ♡　妊娠ちんぽ、強いっ♡」

「もうちょっと帰るの遅くなるってメッセージ送っとけよ。ほら」

孝介はサイドテーブルに置いてあった京香の携帯に手を伸ばすと、それを京香の脇に放り投げた。

そして後背位で突きながら、夫へのメッセージ送信を強要する。

京香は四つん這いで腰を突き上げ、激しいピストン運動を受け止めながら、夫へのメッセージを作成すると送信した。

「ちゃんと仕事で遅れるって書いた？」

「……書いた」

「本当はなんで遅れるのか、俺だけに教えてよ」

ニヤニヤしながら尋ねる孝介。

本来の京香なら憤慨モノだったろうが、今の彼女はもう孝介の種を残す為の器でしかなかった。

「……孝介君と、ラブホで、子作りエッチするから……帰るの遅くなる……」

孝介は優越感でニヤリと笑うと、尻肉を強く握りしめた。腰の前後運動にも熱が入る。何しろ繁殖行動を為《な》すのだから。

「あっ、あっ、あっ、あっ、あっ♡」

男女としての本懐を全うする至福に、京香の声も甲高くなる。

「きもちっ♡　種付けセックス……気持ち良いっ……♡」

たっぷりと精液を含んだ京香の膣は、カリ高の陰茎が抜き差しされる度にじゅぽじゅぽと卑猥な音を立てる。

「妊娠汁でお腹いっぱいなのに……おちんぽがまだ射精し足りないって言ってる……ちんぽガチガチで、もっともっと種付けしたいって言ってる……♡」

「嬉しいんだろ？　マ◯コがウネウネしてるぜ」

「だって、だって……孝介君のちんぽが好きだから……このおちんちんで妊娠したいって思ってしまう……！」

「沢山赤ちゃん産ませてやるから」

「それは、だめ……一人だけ……孝介君の赤ちゃん産むのは一人だけだから……夫の赤ちゃんも産むから……」

「肉壺きゅんきゅん疼《うず》いてるぞ。本当は沢山欲しいんだろ？」

「欲しい、けど……孝介君と沢山子作りセックスして、孝介君の赤ちゃんを沢山産みたいけど……でも、でも……」

「大丈夫だって。旦那さんより強い精子で丈夫な赤ちゃん孕ませてやるから」

京香はその言葉だけで背中をビクビクと震わせる。

雌としての至福で達してしまう。

「返事は？」

汗だくになりながら腰を振りつつ、強めの口調で返事を強調する。

京香の背中も汗でびっしょりと濡れていた。

「…………はい」

「なにが、はいなの？」

「……夫より優秀な孝介君の精子で、好きなだけおま○こ妊娠させてほしい……」

孝介の口元がこれ以上ない程の愉悦で歪んだ。

「二人目は兄貴の子どもも孕ませるか。なんだかんだで兄貴のちんこも好きだろ？」

「……そ、それは……」

「良いじゃんか。だって兄貴も御役目だったんだしさ。ちゃんと神事を務め上げさせないと」

「……御手洗さんの……赤ちゃんを産む？」

それは京香にとっては屈辱でしかなかった。

散々仕事のできない男と見下げていた。そんな男の種で孕む。

圧倒的な敗北感。

しかし、彼女の身体はどういうわけか打ち震えていた。

大学時代、付き合っていた男に呼び出された日を思い出す。いきなり玄関先でイラマチオによって性処理だけさせられて帰らされ、やるせなさと怒りを感じた日。

しかしその日の晩、その敗北感を肴に彼女は生まれて初めてマスターベーションを体験した。

自身の奥深くには、自らもコントロールできない情念が隠されている。

それを奥深くまで届く孝介の男根が掘り返して露わにした。

京香は考える。

一番奥まで突き刺さる男根が押し開いた扉の先に、私の無花果様がいて目覚めさせられたのだと。

絶頂で波打つ尻肉を孝介がスパンキングする。

「旦那以外のちんこで孕むこと想像してイってんじゃねーよ」

「あっ、あっ♡」

「一人目は俺で、二人目は兄貴だろ。三人目は……俺が飽きてたら旦那さんに返してやるよ。良かったたな。愛しの旦那さんの赤ちゃん産むチャンスもまだ残ってるぞ」

「あっ、あっ♡」

「でも今は俺との子作りに専念しろよ」

「……わかってる……今は……今だけは、孝介君のちんぽ汁で孕むことに集中するから……ちゃんと孝介君の妊娠ザーメンで受精するから……」

きっと一目見た時から、孝介の陰茎に心を惹かれ、魅入られていたのだろうと京香は回顧する。

それを認めたくはなかった。

夫への愛よりも優先すべきものが存在するだなんて知りたくなかった。

しかし繁殖という行為に於いてのみ、愛よりも雄々しさを欲した。

京香はシーツを握りしめ、罪悪感で胸を痛めながらも腰を突き上げた。

「……来てっ♡　孝介君の強いちんぽで妊娠させて……♡」

精液が尿道に詰まり、パンパンに膨張した男根を求めるように自らも腰を振った。

「来てっ、来てっ、来てっ…………赤ちゃんザーメン、溢れるくらいま○こにどぴゅどぴゅって注いでっ♡」

京香の懇願と同時に孝介は果てた。

男女としての最終目的地に二人で辿り着こうとする。

孝介はドクドクと精液を注入し、京香は子宮口を開いてそれを受け止めた。

「はぁ〜〜〜これで十分孕んだかな」

軽い口調で頬を緩ませる孝介。対照的に京香は歯痒そうに顔を歪めていた。夫への申し訳なさに涙すら滲んだ。しかしどうしても心と身体は、この若く軽薄で、そして雄々しい男の子種を望んでいた。それが悔しかった。

一時間以上振りにようやく二人の結合が解ける。

パックリと開いた膣口からは、どぷりと精液が漏れた。

京香は太ももと膝をガクガクと揺らし、ただただ酸素を肺に取り入れるので精一杯だった。

そんな四つん這いで硬直したままの彼女の肛門を、孝介は指で弄る。昼間に御手洗兄に貫かれたそれも精液を垂らしていた。

「兄貴のお下がりってのが納得いかないけど……」

そう言うと彼は、まだ硬度を失っていない男根を肛門に挿入した。

「ひっ、いぃ♡」

「すげえな。兄貴のあの太いの突っ込まれてもまだキツキツじゃん。ちんこ千切れそうなんだけど」

一息に根本まで挿入する。

「尿道に残ってるザーメン、処理させてね」

そう告げながら自分の射精感を満足させる為だけに腰をゆっくりと振る。

「あいっ、ひっいっ♡　ひぃっ、あひっ♡」

入口だけが強烈な締め付けを誇るアナルセックスは、孝介の男根から残った精液を搾り取るに最適だった。

輪ゴムのような肛門で抜き差しする度に、びゅっびゅっと精液が飛び散る。

自分の肛門を性処理用玩具のように扱われながらも、京香を満たすのは強い被虐感とわけのわからない悦楽だった。

自分の身体はただ男の精を受け取って受胎し、そして残った性欲を処理するだけの肉壺なのだと思うと、胸が締め付けられて下腹部が疼いた。

四つん這いのまま肛門を貫かれ、陰唇からは子宮から溢れた精液を垂らしながらそんな自分が情けなくて涙を流した。しかし同時に果てのない悦楽と絶頂を繰り返していた。

ふと気が付くと、カーテンの隙間からこちらを見ている鴉と目が合った。


遠く遠く離れた山里の奥。

とある洞穴の上で鴉が騒いでいた。

まるでなにかの成就を祝うかのように祝宴めいた喧騒だった。

誰の目も届いていないその洞穴の奥。小さな祠の中で名もない花がその花弁を開いた。

きっとこの世ならざる何者かが満足したのだろう。

花崎村にまた一つ種が落ち、花が実を結んだことをその誰かが喜んでいた。

幕間　暴走と陵辱

時は半日ほど遡る。

京香は資料室に入ると深いため息を吐いた。

薄暗く埃っぽい無人の資料室は、一人億劫《おっくう》な気分に浸るには最適な場所だった。

後ろ手に扉を閉めると携帯を確認する。

この前偶然にも街中でばったりと再会した孝介から夕食の誘いが来ていた。

それに本当に応じるべきかどうかで迷っている自分に京香は困惑する。以前の自分ならにべもなく断っていただろう。考える暇すら作らなかったはずだ。

そもそも連絡先を教えてしまったことからして既におかしい。

その上、夫に残業だと嘘をついてまで孝介と会食しようとしている。

これだけで不貞と断ずるに不足はないのでは、と彼女は訝しんだ。

孝介との再会を口にしなかったのは、話題にする程のことでもない些事という判断。

会食については直接会って、やはりもう二度とお互い連絡を取るのはやめようと提案する為の場を設けたに過ぎない。

彼女は自分の非合理的な行動に、そうやって理屈をつけた。

(それ以外に理由なんて見当たらない)

そう思い込む。

しかし里帰りを終えてからの数週間。彼女はどうにも説明し難い息苦しさを度々抱えていた。

まるでやるべき仕事を残したまま帰宅してしまったかのような気持ち悪さ。ピースが一つだけ嵌まっていないパズルを放り投げてしまったかのような引っ掛かり。

孝介と奇跡とも言えるような再会を果たした際に、そのピースを見つけたような感覚に捉われた。

それが自分の意志かどうかもわからないまま、彼女は孝介と連絡先を交わした。

誰かに命じられているかのような気もしたし、自分が望んでそうしたような気もする。

何故か今はお腹が疼いて仕方がない。不快感はなかった。ただ、下腹部にもなにかピースが嵌まっていないような、奇妙な感覚がある。

きっとそれを持っているのは夫だと確信している。今日は排卵日だ。早く帰って夫と子作りに勤しみたい。

そこまで考えると、自分が珍しく業務時間内に私事に思いを馳せていることに気付いた。公私混同だと自分を戒め、作業に移る。

資料室の奥へと足を進める。薄暗くはあるが照明をつける程ではなかった。探していた資料はすぐに見つかった。ここに用はもうない。迅速に退室しようとすると扉が開いた。

顔を出したのは御手洗だった。

プライベートではあのようなことがあったが、京香は何事もなかったかのように彼に接していた。彼も一見すると普段と様子は変わらなかった。

京香は特に挨拶や言葉も交わさずに部屋を出ようとする。その前に御手洗がこちらへと近づいてきた。

「なにか探しに来たの？」

無視するのもおかしいと思って、なんとはなしに声を掛けた。

しかし御手洗は言葉を返すでもなく、真っすぐと京香へと向かってくる。

様子がおかしいと思った時にはもう遅かった。

御手洗に抱き着かれたかと思うと背中を棚に押し付けられる。

「ちょっ、と⁉　なんですか御手洗さん！」

その咎めに応じることなく、御手洗はそのまま京香の身体をスーツ越しにまさぐる。

「……課長……課長……」

うわごとのように繰り返していた。

「離し、なさいっ！」

「……課長が悪いんです……課長のことしか考えられなくなってしまったから……」

「一体なにを言って……」

力ずくで手首を押さえられると京香には碌な抵抗ができなかった。

「……大声を出すわよ」

男の力に屈したり萎縮するような女ではなかった。その言葉は強がりではなく最終宣告。

「……周りに誰もいませんよ……」

御手洗は珍しく口端を歪めた。

その一言で京香は察する。御手洗はずっとこうするタイミングを見計らっていたのだ。ならば準備は万端で、周囲に人気がないのも計算ずくなのだろう。

いつもなら表情を読めない御手洗の目が血走っている。明らかに平静を失っている。

下手に争って怪我でもしたら馬鹿馬鹿しい。人にこんな乱痴気騒ぎを見られて、根も葉もない噂を立てられるのも鬱陶しい。

京香は抵抗の力を緩めて、ある程度御手洗の好きにさせることにした。

相手は常軌を逸した興奮状態にある。隙ができてから素早く逃げるのが好ましい。

京香は冷静にそう考えてた。

しかしその考えは御手洗を見誤っていた。

力任せに京香のベルトを引き抜くとパンツスーツを無理矢理引き下ろしたのだ。

黒いレースのショーツが丸出しになる。こんな格好では逃げ出すどころではない。

「御手洗さん！　なにをしているのか自分でわかっているの⁉」

それでも京香は毅然とした刺々しい口調で御手洗を咎める。

しかし彼はもう自分でも自分を止められないといった様子で、京香を羽交い絞めにした。

「……ちゃ、ちゃんと鍵も閉めてきました」

「そういう問題じゃ……！」

背を向ける京香に後ろから抱き着きながら、自身のベルトも外していく。

京香は御手洗の腕の中で抵抗を続けるが、当然ながら腕力の差は歴然でどうにもならない。

御手洗は京香を棚に押し付けるように拘束すると、ポケットから小瓶を取り出してそれを指に塗った。

彼はずっとこの時を見計らっていた。

お盆休みが終わってからも、御手洗の視線は常に京香を追うようになっていたのだ。あの社の中で目にした京香の肢体、そして甲高い嬌声が彼の頭にこびりついて離れない。

みすぼらしい自分がこの完璧な女上司を再び手籠めにするには、これ以外に手は浮かばなかった。

もう神事などという都合の良い舞台は用意されないのだ。

小瓶に満たされていたのはローションだった。それを指にたっぷりと垂らすと、京香の黒いショーツの中に手を突っ込み、肛門をほぐすように塗りたくった。

「ちょっ……」

京香はほぼ直立姿勢のまま、身体の前面を壁に押し付けられていた。後ろからはもう片方の手で胸を揉みしだくように身体を抱擁されているので、身を捩るくらいしか抵抗の術《すべ》がない。

「やめなっ……さいっ！」

思いっきり肘打ちをしてやろうかと腰を捻るが上手くいかない。

そうこうしている内に、ショーツの中をまさぐる御手洗の手が次の局面を迎える。

肛門をほぐしていただけの指で、今度は挿入してきたのだ。

いきなり指を肛門に挿し込まれた京香は全身が強張った。

「ぐっ」

「あ、暴れないで……ください。ほぐしますから……危ないです」

どの口でそんなことを言うのだと京香は怒りに震えたが、同時にその言葉が持つ重みに抵抗しようとする気概が薄まる。

御手洗はクビは勿論、逮捕すらも覚悟している。それが京香に伝わった。

そこまで精神的に追い詰められている男を相手に、下手に抗えば最悪命にすら関わるかもしれない。

京香はなるべく穏便に事を済ます為に方針転換をする。

この場は自分の安全を最優先すべきだと判断した。

業腹ではあるが御手洗を刺激せずに、やりたいようにさせて満足させる。

勿論罪には報いてもらう。

力ずくで手籠めにしようとする彼に怒りを燃やしながらも、京香は無理に抵抗しようとするのをやめた。

京香が大人しくなったのを従順になったと解釈したのか、御手洗は鼻息を荒くして京香の肛門を弄くり回す。

「くっ……うぅ」

単純に抜き差しを繰り返したり、円を描くように拡張したりと御手洗の手は忙しかった。

京香にとって会社は聖域だった。自分の能力を遺憾なく発揮できる場所。生き甲斐の象徴の一つだった。

そんな会社の資料室の片隅で、好き勝手に肛門を弄られるのはハラワタが煮え繰り返る思いがした。

奥歯が軋むような激しい屈辱が伴う中、彼女の怒りは自分にも向けられた。

なんとこの状況で愛液が内腿を伝って垂れているのだ。

ただの防衛反応の一つかもしれない。しかしそれでも彼女は恥辱に悶えた。

「き、気持ち良く、なってきましたか？」

「………そんなわけないでしょう」

できるだけ冷たく素っ気ない口調で否定する。

「で、でも……あの時の課長はすごく気持ち良さそうでした……社の中で、自分をアナルで受け入れてくれた課長が………今でも忘れられません……」

そう言いながら御手洗は下半身を全裸にして陰茎を取り出した。

相変わらずのサツマイモを連想させる図太い陰茎である。それをローションでべっとりと濡れた肛門にあてがいながら言う。

「か、課長のここ……課長と同じくらい厳しくて……きつくて……でも気持ちが良いです……」

京香は背中に怖気を感じた。

それでも彼女は整然とした態度で言う。

「こんなことをして、ただで済むとは思わないことね」

背中越しに御手洗が萎縮したのを感じる。しかし情念に灯った炎は消せないのか、勃起した陰茎が萎れる様子はない。

「す、全てを懸けても……また課長と繋がりたいってずっと思ってました」

職場では見せない強い意志を口にしながら、彼は亀頭を肛門に押し込めていく。

「くっ！」

京香の全身が無意識に力が籠もる。当然肛門も蓋を閉じるが、それでも無理矢理押し開いていくように亀頭を貫いていく。

ローションの滑りも手伝って、にゅるにゅるとその肉の輪が亀頭を呑み込んだ。

「うっ……ぐ」

城門をこじ開けられたら、後はもう侵入を許すのみであった。

御手洗のゆっくりとした挿入は存外に紳士的だったが、それは京香を気遣ってのことではなかった。

少しずつ陰茎の全体で、彼女の肉の輪による締め付けを堪能したいが故《ゆえ》の緩慢な挿入。

指で慣らされた肛門は、ミチミチと肉の軋みを上げながらも男根の太さまで拡がり呑み込んでいった。

やがて根本までの結合を完了すると、御手洗は満足するように息を吐いた。

「課長……………課長…………」

優越感と悦楽に浸りながら京香を呼ぶ。

対照的に京香は酷い敗北感に苛まれていた。

社での一幕は、孝介に意識が飛びそうな程の快感を与えられながらのアナル挿入だった。しかし今はそれだけに集中してしまう。

肛門に好きでもなんでもない男性に性器を挿入されるという行為が、こうも惨めでなにかに負けたような気分にさせられるとは今更ながらに思い知らされた。

歯軋りする程に悔しい。

それが改めてアナルを犯された京香の感情だった。

そんな彼女の憤懣など知る由もない御手洗は、ただただ己の征服感で感悦に極まっていた。

「う、動きますね……」

おどおどとした物言いの後、様子を窺うように腰を振る。

「くっ、うぅ……っふ……」

薄暗い資料室の中で、京香が息苦しそうな吐息を漏らす。

いくら丹念にほぐされようとも、肛門で陰茎を受け入れることとは異質な交接感を互いに与えた。

しかし痛みはない。社での一件も手伝っているのかもしれない。

それが不幸中の幸い、という風には京香は思えなかった。

苦痛を感じた方がマシだ、と彼女は歯噛みした。

ゆったりと、そして大きなストローク。

カリが肛門を捲り上げる度に、彼女の背筋に痺れが走る。

「ひゃっ……」

カリで引っ掻くように肛門を捲り、そして根本まで肉竿を押し込む。

「……んんっ」

立ちバックの体勢で肛門をピストンされ、彼女は感じてしまっていた。

漏れる吐息は明らかに甘みを帯びていたし、内腿を垂れる愛液は量を増していた。

頬がかぁっと熱くなり、耳まで赤くなるのがわかった。

社の中ではあくまで孝介から与えられる快楽のおまけのようなものだった。しかし
今は明らかに肛門だけで性的快感を得てしまっている。

そんな自分が恥ずかしくて堪らない。

「んっ……んっ……はぁ……あっ……」

にゅるん、にゅるん。

独特の摩擦音の中、京香は喘ぎ声を漏らし始めてしまっていた。

心拍数が高鳴り、発汗も認められる。

彼女は慌てて片手で口を塞いだ。しかし御手洗が腰を引く度に声が漏れる。

「あっ、あっ、あっ……」

太い肉の幹が、肛門を押し広げる度に甘い痺れが全身を襲う。

「……いっ、や……」

頭の芯に、ジンジンとした痺れが蓄積していく。

それを知ってか知らずか御手洗が息を切らしながら言った。

「もっと……激しくしますね」

京香は嫌な予感がした。

「やめっ……なさい」

その声が届く前に、御手洗は彼女の腰を掴んで、パンパンパンと軽快に腰を打ち始めた。

「あっ、あっ、あっ、あっ、あっ♡」

資料室に京香の切羽詰まった声が響き渡る。

「……か、可愛い……」

御手洗が感動するように言うと、腰の動きが更にテンポを増した。

「あいっ、いっいっ♡　ひっ、いぃっ、ひっい♡　あっひっ♡」

「か、課長は、アナルも好きなんですね」

そんなわけがないだろうと怒鳴り散らしたくなった。しかし自分の口から漏れるのはあられもない声。

「あひ♡　ひっん♡　あぁっ、ひっ、ひぃっ、いっ、いんっ♡」

膣への挿入とはまるで違う結合感。その非日常かつ非常識極まる場所での摩擦は、まるで喉の奥から突き上げられてるかのような喘ぎ声を上げてしまう。

「ひっ、ひっ♡　イクッ♡　イクッ♡　嘘……なにか、昇ってくる………」

京香は困惑した。

刺激されているのは肛門だけなのに、それだけで絶頂しようとしている。それだけは駄目だと意識を強く持とうとすればする程に、頭の中で響く快感は大きくなってしまう。

「待って、待って……御手洗、さん………はぁ、はぁ……いや、肛門だけでイクなんて嫌……恥ずかしい……あぁっ、いっ、ひっいっ、あっひっ♡」

京香の膝が曲がり、太ももがブルブルと震えだす。

腰の位置が下がりだすと、御手洗が腰を掴んで突き上げさせた。そしてリズミカルに腰を振る。

「か、課長……自分も……」

「ひっ、ひぃっ、あっひっ♡　イクッ、イクッ……肛門が、おま○こみたいになる…

「……イクイクイクッ♡　ケツマ○コでイクっ♡」

ビクンと彼女の腰が跳ね上がると、同時に肛門がぎゅうぎゅうに陰茎を締め付けた。

あまりの窮屈さに御手洗の男根が押し出される程だった。

外に解放された男根は、跳ね上がりながら射精を行った。

当然精液は京香の背中に派手に飛び散った。

びちゃっ、びちゃっ、びちゃっ。

彼女のトレードマークである黒いスーツの背中に、精液による白い斑点が作られていく。白濁したゼラチンのようなぷるぷるとした粘液が、京香のスーツを白く染めていく。

「～～～～～っ♡♡♡」

京香はそれに対して叱責することもできず、ただ絶叫めいた嬌声をこれ以上漏らしてはならないと必死に堪えていた。

全身が歓喜するような絶頂に震えながら、汚れたスーツをどうするかぼんやりと揺れる意識の中で考える。

その答えが出ないまま、射精がまだ終わっていないであろう男根を再び押し込まれてしまう。

「んんっ♡」

絶頂中でヒクつく肛門は、その形を覚えておりパックリと口を開いていた。奥まで京香の桃色の肉壁《にくへき》が窺える。そこに当然のように再び男根が収まる。

「か、課長……課長への想いを全部、ここで処理させてください……」

そう言いながら、幾分も硬さと太さを失っていない男根を再び前後させた。

「ひっ、ひっ、ひぃっ、いっ、あっひっ♡　だめっ、だめっ、まだおま◯こイってる……ケツマ◯コ、イったままだから、だから、おちんぽ、だめ……この勃起ちんぽ、肛門が拡がる……肛門が御手洗さんのちんぽの形、二度と忘れられなくなっちゃう……おちんぽ気持ち良くする為のおま◯こになる……ちんぽ用の穴になってしまう……………だめっ、だめっ………ちんぽ穴、だめっ……♡」

もうなにも考えられない。

背中に飛散した精液がスーツに染みて、ブラウスから肌にまで透過してくる。

その間も結合部はじゅっぽ、じゅっぽと卑猥な摩擦音を奏でていた。

それから結合したまま、御手洗は京香の中に精液を注ぎ込み続けた。それはまるでプロポーズのように情熱的だった。

精子を吐き出しながらも腰を止めない。

それが終わったのは小一時間も経った後で、京香は脚を伝って垂れた愛液で足元を濡らし、股間の真下を肛門から溢れ出る精液で白く染めた。

御手洗が野生の動物めいた結合を解くと、彼女は膝から頽れた。その肛門は真っ白に染め上がりながらも、呼吸をするようにパクパクと開閉しながら口を開いていた。その中からどろりと濃厚な精液が溢れて垂れる。

事が終わって御手洗は逃げるように資料室を後にした。

一人残された京香は、ヒリつくような肛門の疼きと腸内に射精された精液の熱さで呆然《ぼうぜん》としながら立ち上がる。

そしてまだ乱れている息遣いとカクつく膝の中でも、スーツの背中のシミをとりあえずハンカチで拭った。

埃臭い資料室で息を整える彼女の頭には、社で乱れてしまった夏の残滓が揺れては返した。

リアルドリーム文庫の既刊情報

リアルドリーム文庫197

催眠カレシ

～練習エッチで寝取られるトップカースト美少女～

学校のトップカースト男女４人組にイジメを受けていた樹生。だが催眠能力を得たことでその関係は急転を迎える。「は？『練習』で妊娠するわけねーし……♡」「きもちわるっ……♡　これ『練習』よ♡？」常識改変によって"練習カレシ"となった少年は、二人の美少女への復讐を開始する――。

大角やぎ　挿絵／良い直助

全国書店で好評発売中

感想募集 Impression

本作品のご意見、ご感想をお待ちしております

このたびは弊社の書籍をお買いあげいただきまして、誠にありがとうございます。リアルドリーム文庫編集部では、よりいっそう作品内容を充実させるため、読者の皆様の声を参考にさせていただきたいと考えております。下記の宛先・アンケートフォームに、お名前、ご住所、性別、年齢、ご購入のタイトルをお書きのうえ、ご意見、ご感想をお寄せください。

〒104-0041　東京都中央区新富1-3-7ヨドコウビル

㈱キルタイムコミュニケーション　リアルドリーム文庫編集部

◎アンケートフォーム◎　**http://ktcom.jp/goiken/**

公式サイト

リアルドリーム文庫最新情報はこちらから!!

http://ktcom.jp/rdb/

公式Twitter

リアルドリーム文庫編集部公式Twitter

http://twitter.com/realdreambunko

リアルドリーム文庫198

無花果様の、仰せの通りに

2020年9月5日　初版発行

◎著者　懺悔《ざんげ》

◎発行人
岡田英健

◎編集
藤本佳正

◎装丁
マイクロハウス

◎印刷所
図書印刷株式会社

◎発行
株式会社キルタイムコミュニケーション
〒104-0041 東京都中央区新富1-3-7ヨドコウビル
編集部　TEL03-3551-6147／FAX03-3551-6146
販売部　TEL03-3555-3431／FAX03-3551-1208

ISBN978-4-7992-1398-8 C0193